buch.macher krimi vor.ort band 3

2002: In der Nähe Greifswalds findet ein tödlicher Unfall statt. Im Kofferraum des Unfallwagens befindet sich ein geheimnisvolles Manuskript ...

1989: Auf einem Dachboden findet die Kunststudentin Mirjam ein seltsames Original. Als sie es umdreht, bemerkt sie, dass die Leinwand älter ist als das Bild! Wer wollte hier was übermalen?

1798: Aus Kopenhagen zurückgekehrt, weilt der junge Caspar David Friedrich für eine Weile in seiner Geburtsstadt. Ein geheimnisvoller Fremder erzählt ihm eine unglaubliche Geschichte ...

1557: Im Grauen Kloster findet in einem unterirdischen Gang ein Mord aus Liebe statt ...

1798: Von der Geschichte um den unaufgeklärten Mord im Kloster beeindruckt, malt der junge Friedrich diese Szene und versteckt das Bild ...

1945: In den letzten Kriegstagen wird jenes Bild von einem Abenteurer gefunden und von einem polnischen Kriegsflüchtling übermalt ...

1990: In einer Galerie soll der „übermalte Friedrich" gezeigt werden! Doch Mirjam wird das Bild gestohlen, sie schwebt in höchster Lebensgefahr...

2002: In der Nähe von Greifswald rast ein junger Mann mit seinem Auto gegen einen Baum. Im Kofferraum befindet sich jenes geheimnisvolle Manuskript ...

D1703947

buch.macher krimi vor.ort band 3

Hans-Jürgen Schumacher, Jahrgang 1957, geboren in Greifswald, Landesvorsitzender des „Verband deutscher Schriftsteller" (VS) Mecklenburg-Vorpommern, veröffentlichte zahlreiche Bücher mit Lyrik und Prosa sowie Anthologien in verschiedenen Verlagen in Deutschland und Österreich. Zahlreiche Lesungen, unter anderem in musikalischer Begleitung eines Panflötenvirtuosen, führten ihn durch Deutschland und nach Polen. Eine Auswahl seines Werkverzeichnisses befindet sich am Ende des Buches.

buch.macher krimi vor.ort ist eine Buchreihe mit spannenden Geschichten, die auch in Ihrer Umgebung spielen könnten ...

Bisher sind erschienen:
Hans-Jürgen Schumacher „Die weiße Frau von Hiddensee"
Uwe Rieger „Schwarze Windflüchter

Hans-Jürgen Schumacher

Übermalte Schatten

Kriminalnovelle um ein übermaltes Bild von
Caspar David Friedrich

buch.macher

buch.macher krimi vor.ort band 3
www.buchmacher-autorenverlag.de
ISBN 3-935039-21-2

Deutsche Bibliothek - CIP Einheitsaufnahme
Schumacher, Hans-Jürgen: Übermalte Schatten – Kriminalnovelle um ein übermaltes Bild von Caspar David Friedrich
/ Hans-Jürgen Schumacher. – 1. Auflage 2003 Mesekenhagen

*Die Handlung der vorliegenden Geschichte ist, außer der
Beschreibung von historischen Figuren, reine Fiktion. Ähn-
lichkeiten mit Geschehnissen oder Vorkommnissen wären
rein zufällig. Das Buch versucht lediglich, Literatur, Unterhaltung und Bildung zusammenzubringen – hoffentlich zur
Freude des Lesers.* hjs.

Für die Titelillustration wurde ein Selbstbildnis Caspar David Friedrichs aus dem Jahr 1800 verwendet. Das Original
befindet sich im Statens Museum for Kunst, Kopenhagen.

Gestaltung: **buch.macher**
Lektorat: Monika Schmidt
Autorenfoto: Foto- Zilz Greifswald
Druck: Hoffmann-Druck GmbH, Wolgast

INHALT

„Revolutionen werden von Idealisten gedacht, von Fanatikern durchgeführt, die Früchte ernten die Gauner und das Volk zahlt die Zeche."
(Jewgeni Alexandrowitsch Jewtuschenko, geb. 1933, russ. Dichter)

1. Kapitel – Auf einer Landstraße in der Nähe von Greifswald 2002

Inmitten einer herrlichen Frühlingslandschaft, leuchtend gelber Rapsfelder, durchsichtiger Pusteblumen, endlosen Wiesen mit frischem Grün kleben am mächtigen Stamm eines unschuldigen Alleebaumes die Überreste eines vor wenigen Sekunden noch intakten, silbergrauen Ford Fiesta.

Das Vorderteil des Autos hat sich wie in einer tödlicher Umarmung um den Baumstamm gewickelt, der übrige Wagen ist wie eine Ziehharmonika zusammengeschoben. Das Dach liegt abgerissen fünfzig Meter entfernt. Entfesselt lodern rußige Flammen in den blauen Frühlingshimmel.

In hektischer Routine arbeiten die Rettungskräfte von Notdienst und Feuerwehr.

„Sie können den Bestatter anrufen. Hier ist nichts mehr zu machen", kommentiert die junge Notärztin den Anblick.

Ein Polizeibeamter fotografiert den Unfallort, fertigt ein Protokoll an, versucht die vermutliche Unfallursache zu rekonstruieren. Nun trifft auch der Abschleppdienst ein.

Mittlerweile haben sich vor den Absperrungen in beiden Fahrtrichtungen die üblichen Staus gebildet. Touristen und Einheimische drängen zur Unglücksstelle. Viele von ihnen haben Fotoapparate und Kameras in der Hand. Hauptkommissar Kai Schröder ist genervt: „Treten Sie bitte zurück, oder ich vergesse mich", sagt er in einem Anflug von Zynismus zu einem Mann, der per Videokamera den Unfallort filmt.

„Sie sollten sich überlegen, was Sie sagen. Dies ist ein freies Land", beschwert sich die hinter dem Filmer stehende grell geschminkte Frau.

„Sie behindern die Ermittlungen und kommen den Weisungen der Polizei nicht nach! Treten Sie hinter die Absperrung zurück!"

„Wir gehen ja schon", mault der Voyeur und zieht sich hinter die provisorisch errichtete Barriere zurück.

Wenig später ist der Brand mit weißem Schaum gelöscht. Nun öffnet Polizeikommissar Kai Schröder vorsichtig den Kofferraum. Darin befindet sich eine massive Stahlkassette von der Größe einer Aktentasche. Schröder kann den unbeschädigten und unverschlossenen Behälter öffnen. Er findet einen großen Briefumschlag mit einem Hefter, der die Seiten eines Buchmanuskripts festhält. Auf dem Umschlag steht die Anschrift eines Verlages in der unmittelbaren Umgebung und als Absender ein Name: Axel Wieseneck.

„Bring es zur angegebenen Adresse", sagt Schröder zu seinem Assistenten.

„Willst du es nicht lesen?"

„Dafür sind Verlage da."

„Vielleicht sind im Text Rückschlüsse zum Tathergang abzuleiten?"

Schröder schüttelt den Kopf.

„Und der Name hier?", hakt sein Assistent nach.

„Vielleicht ist es der des Fahrers."

Doch der Kommissar lässt sich nicht beirren: „Oder auch nicht. Wenn was übrig geblieben ist, was noch zu verwerten ist, werden uns die Kollegen von der Gerichtsmedizin schon benachrichtigen."

2. Kapitel - Greifswald 1989

Anfang Dezember 1989.

Mirjam klatscht wie die anderen Demonstranten in die Hände, bis die Innenflächen feuerrot werden.

„Wir sind das Volk! Wir sind das Volk!"

Wenig später erschallt von unten die unmissverständliche Aufforderung an die hinter den Gardinen ausharrenden Bürger: „Fernseher aus, kommt heraus! Fernseher aus, kommt heraus!"

Der Menschenzug zwängt sich durch den engen Schuhhagen der Straße der Freundschaft in Richtung Platz der Freiheit, Europa-Kreuzung genannt. Die Demonstranten erhalten in Höhe Mensa am Wall erneut Zulauf. Dort fand im großen Speisesaal gerade eine Anhörung „zu Unregelmäßigkeiten in der politischen Arbeit des FDGB" ihren friedlichen Abschluss.

„He, hierher, hier seid ihr richtig!", ruft die junge Kunststudentin den entgegenkommenden Mitdemonstranten zu. Vor ihr schiebt eine junge Mutter ihren Kinderwagen über das schlechte Straßenpflaster. Sie lacht und zeigt auf ihr schlafendes Kind.

„Deren Ruhe möchte ich haben!", ruft sie Mirjam zu.

Die meisten Menschen haben sich dem Protestmarsch über den Platz der Freiheit in die Otto–Grotewohl-Allee angeschlossen.

Mirjam, die junge Studentin an der Sektion Kunstwissenschaft der Ernst-Moritz-Arndt-Universität, lebt noch nicht lange in Greifswald.

Wie durch ein Wunder ergatterte sie vor einiger Zeit ein kleines Mansardenzimmer auf dem Dachboden eines großen, alten Mietshauses in der Gützkower Straße.

„Morgen startet eine Menschenkette entlang der F 96. Sie wollen versuchen das Händchenhalten bis Jarmen nicht abreißen zu lassen", ruft ein fremder Junge Mirjam zu.

„Hoffentlich geht alles gut!", gibt sie freundlich zurück. „Die hier wollen zum Nexö-Platz und zum Rat des Kreises. Ich hab' Angst, dass irgendwer von der Polizei die Nerven verliert."

„Unsinn, die haben solche Situation noch nie erlebt. Sie wissen doch gar nicht damit umzugehen."

„Eben drum. Das macht mir ja Sorge", und nach einem Schweigen fügt sie hinzu, „deswegen habe ich auch Angst."

Aber der junge Mann an ihrer Seite gibt sich mutig: „Kommt her!", ruft er den am Straßenrand stehenden Volkspolizisten zu.

Mirjam reißt ihn am Ärmel: „Hör auf! Provoziere doch nicht!"

„Ach was, die Ärsche..."

„Bitte hör auf", fleht sie, „ich möchte nicht, dass etwas passiert."

„Jetzt findet das große Aufräumen statt", mischt sich ein älterer Herr ins Gespräch. „Viel zu spät, sag ich. Spätestens nach Biermanns Ausweisung in den 70er Jahren hätte es gewaltig krachen müssen!"

„Aber nicht doch", erwidert ungefragt eine fremde Frau, „die Zeit war einfach noch nicht reif."

Der fremde Junge drückt sich plötzlich an Mirjams Seite.

'Was macht denn der da?', stellt sie zunächst irritiert fest. Doch zufällig oder gewollt erwidert sie seine Nähe mit einer streichelnden Handbewegung über seinen Hinterkopf. Ein plötzlicher Schubs in ihren Rücken lässt sie an seine Seite treten. Daraufhin legt er seinen Arm um ihre Schulter und hält sie fest.

'Beschützerinstinkt hat er also auch...'

Mirjam verspürt plötzlich eine unruhige Zuneigung zu diesem unbekannten Jungen.

'Was, wenn er mich küsst?'

Ihre Gesichter sind sich plötzlich ganz nah. Sie verspürt in ihrer Nase seinen Duft nach Florena-Rasierwasser.

'Noch ein Pluspunkt für ihn'.

Plötzlich spürt sie seine Lippen fest auf den ihrigen. Und sie erwidert seinen Kuss leidenschaftlich.

„Asterix ins Politbüro!", karikiert eine Aufschrift das Ansehen der politischen Führung beim Volk.

Andere Plakate beschäftigen sich mit den Problemen vor Ort: „Restauriert die Greifswalder Altstadt, nicht die Bonzen-Macht!"

„Komm, lass uns gehen", flüstert sie ihm ins Ohr.

„Zu mir, oder zu dir?"

„Ich lege mich niemals in fremde Betten", bestimmt sie den Verlauf der kommenden Nacht.

Vorm Nexö-Platz scheren sie aus der Menschenmenge aus und laufen Hand in Hand zurück zur Dr.-Wilhelm-Külz-Straße.

„Wie heißt du eigentlich?", fragt Mirjam ihren neuen Begleiter.

„Axel!", schnauft dieser zurück.

„Na und weiter?"

„He, was bist du neugierig..."

Er streicht ihr flüchtig mit dem Zeigefinger über die Nasenspitze. Mirjam ist wie aufgedreht.

„Axel und wie weiter? Komm schon, sag's mir."

„Axel Wieseneck, zufrieden?"

Mirjam schnappt nach Luft: „Der Sohn von unserem Professor Adalbert Wieseneck?"

„Und wenn's so wäre?"

„Das ist ja irre."

Rasch biegen sie in die Stephanistraße ein, laufen durch bis zur Goethestraße, biegen nach links ab den Halbbogen der Straße entlang zur großen Kreuzung. Mirjam steuert auf ein mächtiges Eckhaus eingangs der Gützkower Straße zu. Im Erdgeschoss befindet sich hier die Gaststätte „Zur Eiche".

Mirjam stürmt zur Haustür. Axel folgt ihr. Sie steigen bis zur vierten Etage hoch, dort öffnet Mirjam die Tür zum Dachboden.

Ihr kleines Dachzimmer, neben einem Ausgussbecken mit altmodischem Wasserhahn und einem

Kühlschrank von der Größe eines Nachttisches, befindet sich schräg gegenüber.

„Wie bist du an die Bude gekommen?" fragt Axel. „Hast du für die Leute von der Gebäudewirtschaft gestrippt?"

Die Dachbodenkammer ist winzig. Sie hat gegenüber der Tür ein kleines, rundes Fenster. Darunter steht ein Tisch mit einem Stuhl und daneben ein Stehregal mit Geschirr in den Fächern. Auf dem Regal steht eine altmodischen Porzellanschüssel, ihre Waschgelegenheit. Mirjams Bett gegenüber nimmt eine Schrankwand den meisten Platz im Zimmer ein. Praktisch könnte man mit ausgestrecktem Arm vom Bett aus die Schrankwand berühren.

„Huh, ist das kalt hier oben", beklagt sich Axel.

„Na, dann komm rasch ins Bett. Worauf wartest du noch...?"

Wenig später liegen sie beieinander und lieben sich hemmungslos.

Doch in Axel Wieseneck macht sich mit einem Mal ein unerklärlicher Stimmungswechsel breit. Er geht einher mit plötzlich auftretender Angst und Selbstzweifel. Sie machen ihn ungehalten und traurig.

Heftig wehrt er sich plötzlich gegen Mirjams erneute Liebkosungen.

„Lass mich..."

„Na, gut. Ich hole uns was zu trinken."

Doch dazu muss sie das Zimmer verlassen und auf den Flur hinausgehen. Dementsprechend wirft sie sich ihren Bademantel um. Draußen nimmt Mirjam aus ihrem Minikühlschrank eine Halbliterflasche „Greifswalder Pils".

Fröstelnd will sie wieder in ihr Zimmer eilen, als sie schräg gegenüber, zwischen den Holzverschlägen des Wäschebodens von Frau Schulz, etwas geheimnisvolles Zugedecktes erblickt. Eine alte Nähmaschine? Ein Grammophon? Ein Wäschekorb mit altem Familienporzellan? Sie nimmt sich vor, Frau Schulz danach zu befragen.

„Igitt, 'ne grüne Flasche", beschwert sich Axel über die Glasfarbe.

„Papperlapapp", sagt sie.

„Nimmst du mich überhaupt ernst? Alles ist für dich nur ein Spiel oder was?"

Mirjam setzt sich auf: „Du hast wirklich eine einmalige Begabung, alles kaputtzumachen."

„Musst du auch immer das letzte Wort haben!?"

Damit schlägt er die Bettdecke hoch, springt aus dem Bett und beginnt sich hastig anzuziehen. Mirjam sieht ihm erstaunt zu: „Du willst los? Bist du fremdgegangen oder wartet die Mama auf dich?"

„Weder noch, mir reicht's!"

In der Aufregung verfehlt Axel mit dem Fuß ein Hosenbein, verliert das Gleichgewicht und stürzt polternd zu Boden.

„Mein Gott, was hast du denn?", fragt sie hilflos.

„Es ist doch alles gut. Nichts Schlimmes passiert. Komm, beruhige dich. Musstest du an was Unangenehmes denken?"

Die mitfühlenden Worte tun Axel gut. Verstohlen wischt er sich eine Träne aus dem Gesicht.

„Ich muss los", beteuert er nochmals.

„Wo bist du zu finden? Sehen wir uns morgen zur Menschenkette?" fragt Mirjam. „Kann ich dich anrufen?"

„Ich steh' im Telefonbuch, mach's gut", sagt er leise und geht. Mirjam lauscht seinen Schritten. Ungläubig streckt sie sich in ihrem Bett aus. Komischer Typ. Aber es hatte ihm doch auch Spaß gemacht, oder? Sie trinkt noch einen Schluck aus der grünen Bierflasche, dann rollt sie sich in ihrem Bett zusammen.

Als Mirjam erwacht, ist es schon taghell. Ein wenig erschrocken darüber, dass sie so lange geschlafen hat, springt sie aus dem Bett, öffnet das kleine Fenster ihrer Dachbodenkammer und sieht vom fünften Stock hinunter auf die Straße. Hunderte von Menschen stehen diszipliniert nebeneinander, dicht an dicht die Fleischerstraße hinunter, über die Kreuzung hinweg, in die Gützkower Straße hinein. Viele halten Kerzen in den Händen. Eine friedliche Kerzenrevolution, denkt sie. Eine Revolution ohne Gewalt. Wann war sich für einen Augenblick der Geschichte ein Volk schon mal so einig?

Sie beschließt, einen ganz normalen Sonntag zu verbringen und später erst zu den friedlichen Demonstranten hinunterzugehen. Doch zunächst muss sie mit der Waschschüssel in der Hand auf den kalten Flur hinaustreten, um von dort Wasser für die Morgentoilette zu holen. Zum Frühstück gibt es Schwarzbrot mit ihrer Lieblingsmarmelade. Der Pfeiftopf auf dem kleinen Elektroherd schrillt. Mirjam gießt kochendes Wasser auf den Rondo-Kaffee in der großen Tasse. Von draußen klingt Applaus an ihr Ohr. Was ist da los? Sie sieht aus dem Fenster, hinunter auf die Straße. Ein evangelischer Pfarrer im schwarzen Talar hat sich unter dem Beifall der Demonstranten in die Menschenschlange eingereiht. Ein Pfarrer in Dienstkleidung mitten auf der Straße?

'Aber natürlich! Es ist doch Sonntag, der 1. Advent. Heute findet doch die friedliche Menschenkette längs der Fernverkehrsstraßen, quer durch die DDR, statt!'

Sie schaltet ihr Radio auf dem Nachttisch ein. Der Nachrichtensprecher berichtet von weiteren Menschenansammlungen entlang der Straßen, von Saßnitz bis Plauen und von Eisenach bis Bautzen.

'Wahrhaft eine Revolution nach Feierabend.'

Dann spricht die Stimme im Radio über die sich fortsetzenden politischen Zusammenbrüche in den Ostblockstaaten.

'Mit Ungarn im Spätsommer fing alles an. Da ahnte noch niemand, dass im Spätherbst der Eiserne Vorhang hochgenommen werden würde.'

Plötzlich hält sie inne! Was macht denn das zugedeckte Geheimnis in der Ecke des Wäschebodens von Frau Schulz? Wollte sie nicht die betagte Nachbarin unter ihr danach befragen?

Zunächst will sie aber hinunter auf die Straße zur Adventsmenschenkette. Sie trinkt ihren Kaffee aus, wirft noch einmal einen prüfenden Blick aus dem Fenster, zieht die Winterjacke an und legt sich den Schal um. Dann verlässt sie die Bodenkammer, tänzelt die Treppe hinunter. Sie überquert die Gützkower Straße und reiht sich in die Menschenmenge ein.

Junge Mütter haben ihre Kinderwagen mitgebracht, man scherzt und lacht, die Stimmung der Demonstranten ist locker und entspannt. Etwa zwanzig Menschen weiter die Straße hinunter erblickt sie den grauen Vollbart ihres Mentors Professor Adalbert Wieseneck.

Wie kommt der hierher? Weiß er von ihrer letzten Nacht mit Axel? Unsinn! Er hat bestimmt in der Sektion in der Arndtstraße gearbeitet.

Mirjam hebt ein wenig unsicher die Hand. Professor Wieseneck winkt zurück.

'Wenn er nur nicht so emotionslos kalt durch seine Brille gucken würde.'

Plötzlich fällt ihr das zugedeckte Geheimnis auf dem Wäscheboden von Frau Schulz ein!

Entschlossen lässt sie die Hand ihres Nebenmannes los und schert aus der Reihe aus.

Die Menschenkette schließt sich hinter ihr. Mirjam überquert die Straße, steigt die Stufen bis zur vierten Etage empor. Dort klingelt sie bei Frau Schulz. Sie kennt die alte Dame gut und wartet geduldig.

„Einen Moment, biiitteschöön!" vernimmt Mirjam Frau Schulz' dünne Greisenstimme hinter der Tür. Die Rentnerin mit dem silbergrauen Haarschopf öffnet die Tür einen Spalt und schaut über die Vorhängekette Mirjam an. Sie lächelt, schließt die Tür wieder. Die Kette wird umständlich und laut klappernd gelöst, dann wird die Tür weit geöffnet und Frau Schulz steht, die Arme fröstelnd vor der Brust verschränkt, im Eingang.

„Kind, ist was passiert?"

„Nein, nein, Frau Schulz, das nicht. Ich habe ein anderes Problem..."

„So? Welches? Stimmt etwas mit mir nicht mehr?"

„Doch, doch", beeilt sich Mirjam zu behaupten, „es ist nur wegen ihres Wäschebodens..."

„Mein Wäscheboden? Ist da was? Ich war seit geraumer Zeit nicht mehr dort? Liegt da eine falsche Fahne? Kind, pass bloß auf, die Zeiten sind ja sooo unruhig!"

„Ja, Frau Schulz, sicher... Sagen Sie, was ist das eigentlich für ein Ding unter der staubigen Decke?"

„Ein Ding unter einer staubigen Decke? Ich weiß es nicht. Vielleicht eine alte Mangel aus dem Haus meiner Eltern in Hinterpommern, eh, ich meine natürlich Polen?"

Dann stutzt sie, denkt eine Weile nach, schließlich lacht sie erleichtert auf: „Ach das meinst du! Sieh es dir nur an. Es ist ein altes Bild, das mir einmal große Freude gemacht hat. Bis... ja bis vor vielen Jahren ein seltsamer junger Mann danach fragte."

Für eine Weile scheint sie in Erinnerungen zu schwelgen, doch dann hebt sie den Kopf: „Egal. Du kannst es behalten. Bei dir wird es in besten Händen sein."

Die alte Frau ringt nun mit den Händen: „Kind, sei bloß vorsichtig wenn du den Wäscheboden aufschließt, ja? Warte, ich hole dir den Schlüssel."

Frau Schulz eilt zurück in ihre Wohnung, in die Küche, und nimmt dort den Bodenschlüssel vom Schlüsselbrett neben der Tür: „Gib ihn mir wieder, wenn du ihn nicht mehr brauchst."

Sie nickt Mirjam freundlich zu, schließt dann ihre Wohnungstür.

Das Mädchen steigt die steile Treppe zum Dachboden hinauf, öffnet die Tür zum Boden von Frau Schulz. Dann zieht sie vorsichtig die Decke von jenem geheimnisvollen Etwas und erblickt ein altes Bild: Ein Mönch, bekleidet mit einer grauen Kutte, überreicht einem jungen Mädchen in einem dunkelrotem Samtkleid, verschämt lächelnd, eine weiße Lilie! Die ganze Szenerie findet vor einem undefinierbaren, diffusen Hintergrund statt. Stehen sie in einem Wald, auf einem Feld, einer Lichtung? In einem sonnendurchfluteten Zimmer? Auch hat der Maler auf jedes erklärende Beiwerk zur Bestimmung von Ort und Zeit der Handlung wohlweislich verzichtet. Die Perspektive und die Komposition des Bildes ist ganz auf die Liebenden im Mittelpunkt zugeschnitten.

Hier hat ein altes Original den Weg in Frau Schulzens Wäscheboden gefunden!

Natürlich wird sie das Bild ganz genau untersuchen, Alter, Duktus, Malschule sorgfältig unter die Lupe nehmen... Vorsichtig trägt sie die neue Errungenschaft in ihre Kammer. Politische Wende und Menschenkette sind ihr nun völlig egal. Aufgeregt kehrt sie zur Wohnung von Frau Schulz zurück, klingelt dort Sturm.

„Frau Schulz...?" Mirjam schnappt nach Luft, kann vor Aufregung kaum sprechen.

„Kind!? Ist was passiert?"

„Nein, nein, das zugedeckte Ding in ihrem Wäscheboden ist möglicherweise ein Original? Seit wann liegt es dort?"

„Der Schinken? Ach, Kind...", Frau Schulz kratzt sich ein wenig verlegen hinter dem Ohr, „du musst nicht immer so neugierig fragen."

Offensichtlich versucht sie eine ihr unangenehme Erinnerung zu verbergen.

Dann hält sie erneut inne: „Also gut. Das Bild stand schon dort auf dem Boden, als mein damaliger Verlobter und ich im Winter' 45 diese Wohnung hier bezogen. Wir hatten Glück, denn Greifswald war damals voll von Flüchtlingen aus dem Osten."

„Und dann?"

„Wir hatten das Bild zunächst mit runtergenommen und es im Wohnzimmer aufgehängt, weil da ein Riss in der Wand überdeckt werden musste. Und dann kam eines Tages, zwei Jahre später, so ein junger Mann und fragte danach. Er wollte das Bild hier in der Gützkower Straße zum letzten Mal gesehen haben."

Mirjams Gesicht glüht vor Neugier und Anteilnahme: „Weiter, was geschah dann...?!"

„Ach Kind, wir haben natürlich abgestritten, dass es bei uns über dem Sofa hing. Es passte doch so gut hierher. Außerdem hatte sich der Mann nicht weiter vorgestellt, woher er die Information hatte und was es mit dem Bild und mit ihm eigentlich auf sich hatte. Wir haben dann vermutet, dass er vielleicht das Bild vor dem Krieg hier versteckt hatte und nun gekommen war, es zu holen. Versteh doch, Mädel, wir wollten keine Scherereien und haben erst viel später, als wir was Besseres für den Platz über dem Sofa hatten, das Bild wieder auf den Boden geschleppt. Aber der junge Mann ließ sich nicht mehr sehen und ich hatte es vergessen, bis du mich daran erinnert hast. Gefällt es dir?"

„Und ob. Sagen Sie, gibt es irgendwelche Unterlagen zu dem Bild? Hinweise, die auf die Herkunft schließen lassen könnten?"

„Nicht dass ich wüsste. Ich nehme an, es ist ein wertloser Schinken, oder?"

„Vielleicht. Ich möchte herausfinden, was es mit dieser geheimnisvollen Darstellung auf sich hat: Ein offensichtlich verliebter Mönch schenkt einer Dame eine Symbolblume, eine weiße Lilie. Merkwürdig..."

„Seltsam nicht? Keine Ahnung, wie und wann es hierher auf den Boden kam, bevor wir es fanden. Immerhin hatte man dieses Haus erst 1911 gebaut. Zuvor soll hier ein kleineres Haus mit der Gaststätte gestanden haben." Schließlich zuckt sie mit den Achseln: „Da kann ich dir nun wirklich nicht weiterhelfen."

Mirjam ist mit der Auskunft auch so zufrieden, zudem Frau Schulz plötzlich unruhig wird: „Du musst entschuldigen, Kind. Gleich kommt im Fernsehen der 'Wunschbriefkasten' mit Uta Schorn und Gerd E. Schäfer. Die beiden sehe ich immer so gern. Und ich habe mir doch per Postkarte den Muck gewünscht. Vielleicht zeigen sie ihn und er singt wieder: „Hey, kleine Linda, musst nicht traurig sein..."

Mirjam steigt nachdenklich die Bodentreppe zu ihrer Dachkammer hinauf, nimmt dort vorsichtig das Bild in die Hand. Gedankenversunken vertieft sie sich in die Darstellung.

'Der verliebte Mönch, ich nenne es 'Der verliebte Mönch'. Wo ist nur die Signatur des Künstlers? Etwa hier? Fast nicht zu erkennen im Faltenwurf des Kleides jener schönen, jungen Dame, die vom Mönch die Lilie erhält. Könnte C.K. '45 heißen... C.K. '45? Die möglichen Anfangsbuchstaben jenes Malers, der das Bild malte? Und '45 steht für 1945 oder 1845. Oder ist die Vier eine Neun oder Acht? Eine Sechs? Die Malweise ähnelt der der Romantiker. Neoromantik. Wie alt wird die Darstellung wirklich sein?'

Sie hält das Bild schräg, so dass das einfallende Tageslicht auf die Bildoberfläche fällt. Feine, fast unsichtbare Strukturen, Pinselstrichen gleich, sind nun deutlich auszumachen. Vorsichtig, geradezu zärtlich, streicht Mirjam mit den Fingerspitzen über die Bildoberfläche. Ohne Zweifel echt, ein Unikat! Unglaublich, wie sanft der unbekannte Maler den Pinsel geführt hat, wie einfühlsam sein Malstil ist. Alles auf dem Bild weist auf eine Szene aus dem 16. Jahrhundert hin. Doch die frisch leuchtenden Farben lassen kaum auf die jahrhundertealte Arbeit eines alten Meisters schließen. Ein so altes Bild würde ohne Restauration kaum als solches zu erkennen sein. Doch hier leuchten die Farben intensiv und kraftvoll.

'Wie kann das möglich sein?' Nun wendet sie das Bild, um sich die Rückseite anzusehen. Mirjam stutzt.

'Was ist denn das?'

Das Bild wurde auf einer alten Leinwand gemalt, die offensichtlich aus einer früheren Zeit stammt als das Gemälde auf der Vorderseite! Und die Leinwand ist mit Resten durchdrungener Ölfarbe übersät. Fieberhaft dreht sie das Bild wieder um. Seltsam, die Flecken auf der Rückseite haben ganz andere Farben als die, mit denen das Bild gemalt ist! Und sie sitzen an Stellen, an denen auf der Vorderseite die jeweilige Farbe gar nicht wiederzufinden ist. Aufgeregt befühlt sie noch einmal die Bildoberfläche und stellt fest, dass sie auffallend zart ist. Vor allem aber entdeckt sie staunend, dass das feine Faserrelief keineswegs mit möglicherweise darunter liegendenden Bildformen übereinstimmt. Zudem zeigen sich bei genauem Hinsehen feine Haarrisse auf dem Bild, als wenn sich die Farbe von seinem Untergrund lösen möchte. Kein Zweifel, hier ist über ein vorhandenes Bild ein zweites gemalt worden! Dennoch bleibt rätselhaft, woher die frische Leuchtkraft der Farben des Bildes kommt, die so total im Widerspruch zum Alter der Leinwand auf der Rückseite steht. Und dass der Künstler eines sonst perfekt gemalten Bildes für eine mögliche Übermalung andere Farben und Bindemittel verwendete, gibt Mirjam ebenfalls zu denken. Oder hat gar ein anderer Künstler eine Übermalung vorgenommen? Doch warum dann mit anderen Farben und Bindemitteln? Fand die Übermalung gar später statt? Aber wann? Und warum?

Mirjams Kopf dröhnt vor Aufregung. Langsam stellt sie das Bild wieder ab. Draußen beginnt es zu dämmern. Unschlüssig steht sie im Zwielicht ihrer Dachkammer. Irgend jemandem muss sie jetzt ihre Neuigkeit erzählen! Sie beschließt, Axel anzurufen. Er ist doch der Sohn ihres Mentors Prof. Adalbert Wieseneck. Auch wenn er sich ihr gegenüber seltsam verhalten hat. Außerdem kann sie so ihre Entdeckung vorschieben, um herauszubekommen, ob es Axel wieder gut geht.

Die nächsten gelben Telefonzellen befinden sich vor der Hauptpost am Markt. Mirjam hastet die Stufen der Haustreppe hinunter, überquert die große Kreuzung, läuft in Richtung Markt die Fleischerstraße hoch. Die Häuser am Markt mit dem grauen Rathaus stellen in ihrem Bauzustand der Stadt geradezu ein Armutszeugnis aus. Speziell die Häuser der Nordseite, neben der beliebten „Milch-Bar", sehen wie traurige Gestalten aus.

'Was müssen diese Fassaden früher mal hübsch ausgesehen haben!'

Mirjam schüttelt den Kopf. Dabei waren viele Fassaden der Häuser rund um den Markt im Juni eilends angestrichen worden, als bekannt wurde, dass Parteichef Erich Honecker nach der Innenrenovierung des Doms zur Wiedereinweihung des Gotteshauses nach Greifswald kommen würde.

In einer Telefonzelle neben dem großen Hauptbriefkasten – dieser ist seltsamerweise in die Häuserwand der Post eingelassen und drei ausgetretene Stufen führen zum Briefschlitz hinauf - findet sie ein unbeschädigtes Telefonbuch. Wiesenecks wohnen im Greifswalder Ortsteil Eldena. Sie wählt die Nummer. Axel meldet sich: „Ja, hier bei Wieseneck..."

„Grüß dich, hier ist Mirjam. Wie geht es dir?"

Axel schweigt eine Weile. Mirjam glaubt eine gewisse Verunsicherung zu verspüren. Offensichtlich tut es ihm Leid, so wie er sich ihr gegenüber letzte Nacht verhielt. Sie will ihm eine Brücke bauen: „Alles halb so schlimm. Oder kannst du jetzt nicht sprechen? Komm mir doch in ein paar Minuten auf dem Treidelpfad am Ryck entgegen.

Ich gehe jetzt los und wir treffen uns in Höhe Kraftwerk, ja?"

„Ja, ist gut. Bis dann... Ich meine, bis gleich."

Mirjam kann ihm nichts Aufmunterndes mehr sagen, denn die Leitung wird plötzlich unterbrochen.

Axels Vater, Kunstwissenschaftler Adalbert Wieseneck, hat seinen Zeigefinger auf die Telefongabel gelegt: „Der Herr Sohn telefoniert, ohne zu fragen?"

„Ich bin angerufen worden, Vater..."

„Na, und?! Ich gehe ans Telefon, wenn es klingelt! Wenn nun wichtige Leute dran gewesen wären und sie hören solch ein Gestammel von dir?! Man kann dich ja kaum auf die Menschheit loslassen, geschweige denn, dass du in der Lage wärst, ein ganz normales Telefongespräch zu führen!"

Axel duckt sich, senkt den Blick und verlässt das Zimmer.

Erst als er sich auf dem Treidelpfad am Ryck entlang in Richtung Greifswald befindet, beruhigt er sich wieder.

'Irgendwann bring ich den Alten um', beschließt er wütend. 'Und wenn es das Letzte ist, was ich tue!'

Mirjam wiederum geht quer über den Markt die Knopfstraße hinunter, hält sich dann rechter Hand am Hansering, bis sie am Fangenturm vorbei, den Ryck entlang, die Hafenstraße erreicht. Dort passiert sie vor dem großen, weithin sichtbaren Speicher aus roten Ziegelsteinen eine rostige Kranbrücke. Der bedächtig fließende Ryck, der Anblick der sanften Wiesen auf der gegenüberliegenden Flussseite, der sanfte Wind von vorn, all das beruhigt sie und lässt sie tief durchatmen. Mirjam genießt die Einsamkeit und die Weite der Natur. Sie denkt an den Sommer.

Da waren sie und ihre Kommilitonin Uschi oftmals mit dem Rädern auf der anderen Seite des Flusses bis nach Ladebow gefahren. Und eine andere Tour führte sie an den Kleingartenanlagen vorbei, direkt in den Wampener Wald. Sie brauchten nur noch die Chaussee nach Neuenkirchen zu überqueren und den Feldweg zum FKK-Strand entlang zu fahren. Nachdem sie sich ausgezogen haben, durchwateten sie, mit den Klamotten in der Hand, die Senke, bis zum Strand auf der Sandbank. Hier badeten sie dann nach Herzenslust...

Ungefähr in Höhe des Georgsfeld erheben sich, wie eine alte Ritterburg, die Umrisse des ehemaligen Kraftwerkes. Mirjam hat den stetigen Verfall dieser alten Fabrikeinrichtung immer heimlich bewundert. Für sie besitzt das alte Kraftwerk alles, was man als Kulisse für einen Gangster- oder Spukfilm braucht. Alles, was früher einmal glänzendes Metall war, ist nun gleichmäßig verrostet. Alle Scheiben sind eingeschlagen. Halbe und drei Viertel Mauern stehen herum. Dazwischen Scherben von leeren Bierflaschen, alte Reifen, Fahrradteile und Schrott. Eine verbogene Tür kreischt leise in den Angeln, wenn der Wind sie bewegt. Morbider Charme, der in seiner dekadenten Endphase schon wieder schön wird. Der Weg des Treidelpfades führt um das verfallene Kraftwerk herum. Bald wird ihr Axel entgegenkommen. Sie will herausfinden, was ihn bedrückt und weshalb er diese unheimlichen Stimmungsschwankungen hat. Vielleicht kann sie ihm helfen. Sie sieht eine ihr entgegenkommende Person. Es ist Axel und er scheint völlig verstört. Mirjam ist erschüttert: „Komm, beruhige dich. Was ist denn los?"

„Mein Alter... Er ist so ungerecht, der Mistkerl!"

„Im Seminar und im Hörsaal jedenfalls ist es ganz anders. Ruhig, ausgeglichen, souverän."

„Das ist es ja. Niemand weiß um seinen wahren Charakter."

Mirjam hakt sich bei Axel ein: „Was würdest du sagen, wenn ich dir von einer Sensation berichte?"

„Eine Sensation?"

„Ja", sie strahlt übers ganze Gesicht, „ein echtes Wunder!"

„Wunder gibt es nicht. Es wäre ein Wunder; wenn mein Vater daheim mal nicht schimpft."

„Ich habe auf dem Wäscheboden meiner Nachbarin Frau Schulz unter einer Decke ein Bild gefunden und es ist ein Original!"

„Und was ist auf dem Bild zu sehen?"

„Eine Liebesgeschichte. Ein Mönch schenkt seiner Herzensdame eine weiße Lilie..."

„Ein alter Sofaschinken."

„Was immer es ist, die Farben leuchten noch so intensiv, als wäre es gerade erst restauriert worden. Und dann – und nun kommt's – wendet man das Bild und stellt fest, dass die Leinwand, auf der das Bild gemalt wurde, älter ist als das Original auf der Vorderseite!"

„Irre!"

Mirjam nimmt angesichts ihrer Freude über ihren Fund die Pose eines Gelehrten im Hörsaal ein: „Nun, meine Damen und Herren!", verkündet sie amüsiert mit verstellter Stimme, tut so, als reiße sich der imaginäre Gelehrte die Brille von der Nase, „es handelt sich wahrscheinlich um eine außergewöhnliche Übermalung! Eine kunsthistorische Sensation allererster Güte."

„Ach was. Der Künstler hat sein früheres Werk verworfen und es übermalt."

„Sei doch nicht so phantasielos, Axel. Da steckt etwas ganz anderes dahinter, glaub mir, etwas ganz Geheimnisvolles."

„Und wie lautet deine Theorie?"

„Ganz einfach: das Alter der Malerei unter der Übermalung ist identisch mit dem Alter der Leinwand. Die Übermalung demzufolge jüngeren Datums."

„Und wenn du die Übermalung runternimmst und es lächelt dich eine nackte alte Leinwand an?"

„Kann ich mir nicht vorstellen. Die Leinwand auf der Rückseite hatte seltsame Flecken, Farbrückstände oder andere Substanzen."

Axel scharrt mit dem Fuß wie ein ungeduldiger Hengst auf dem Treidelpfad herum: „Alles nur Spekulation, alles nur Einbildung. Warum fragst du nicht einen Restaurator?"

„Schön blöd. Der findet darunter einen verborgenen Rembrand und kommt damit ganz groß raus." Axel lacht plötzlich schrill und gekünstelt: „Deine Phantasie möchte ich haben!"

Mirjam erschrickt. Doch sie misst seinem Verhalten keine weitere Bedeutung bei: „Sag mal, kannst du deinen Vater nicht mal fragen, wie man vorsichtig eine Übermalung ablöst, ohne dass die darunterliegende Darstellung beschädigt wird? Weißt du, ich traue mich nicht, meinem Mentor eine für ihn so läppische Frage zu stellen."

Doch Axel schnappt plötzlich so eigenartig nach Luft. Er ist wieder von einem Augenblick zum anderen wie ausgewechselt.

„Ich?!" ruft er empört. „Ich soll meinen Vater etwas fragen, damit du deinen Egoismus befriedigen kannst! Was denkst du denn? Der haut mich um!"

„Aber Axel, beruhige dich! Ist doch nicht so schlimm. Dann frage ich jemanden von der Sektion."

„Nein! Das tust du nicht. Du lässt die Finger von diesem Bild!"

Plötzlich greift er hart nach ihr, bedrängt sie, will ihr die Arme auf den Rücken drehen. Doch mit einer Körperdrehung kann sie sich seinem ungeschickten Gewaltausbruch entziehen.

„Sag mal, bist du bescheuert? Tob dich woanders aus!"

Wütend und enttäuscht verlässt sie den Ort des Geschehens. Axel verzichtet auf eine Verfolgung. Sie läuft zurück und verlässt bald den Treidelpfad in Richtung Wilhelm-Pieck-Allee. Von hier aus ist es nicht mehr weit bis zum Platz der Freiheit.

'Ich werde niemandem hinterherlaufen. Und ich bin auch nicht für die Verrücktheiten anderer Menschen zuständig. Der Kerl kann mich mal...'

Doch wie geht es mit dem Bild weiter?

In ihrem Zimmer angekommen, macht sie sich rasch etwas zu essen.

Und während sie sich die kalten Hände am heißen Teepott wärmt und die dampfende Flüssigkeit in kleinen Schlucken trinkt, fällt ihr Blick auf das auf Bild. Erneut vertieft sie sich in die Darstellung: Scheinbar unschuldig blickt der Mönch zu seiner Geliebten und es hat für Mirjam den Anschein, als blicke er auch sie an. Plötzlich steht sie entschlossen auf, nimmt das auf dem Boden gefundene Bild und trägt es vorsichtig wieder zur Nachbarin zurück: „Ich würde das Bild solange bei Ihnen deponieren, bis ich einen Restaurator gefunden habe, der sich fachmännisch um das Werk kümmert."

3. Kapitel – Greifswald 1798

Durch Greifswald fluten zaghaft die ersten wärmenden Sonnenstrahlen einer rötlichen Morgensonne. Verschämt lugen sie seitwärts in die schmalen Straßen und Gassen, so als wollen sie die Bewohner der Universitätsstadt in Schwedisch - Neuvorpommern vorsichtig wecken.

Die anmutige Stadt am kleinen Fluss Ryck stellt, solange Westpommern zu Schweden gehört, nicht nur die älteste Universität im schwedischen Herrschaftsbereich, sondern wird auch von dessen Regierung als eine deutsche Hochschule mit besonderen Privilegien und Statuten respektiert. Ausdruck dafür war der Besuch des jungen schwedischen Königs Gustav IV. Adolf in Greifswald im vergangenen Jahr 1797. Und das, nachdem dieser 1796 erst mündig geworden war.

Der schwedische Monarch sollte bis 1807 insgesamt fünfmal die Alma Mater besuchen und des weiteren darauf Acht haben, die Greifswalder Universität organisatorisch an das schwedische Universitätswesen zu binden.

Aber auch wirtschaftlich geistig und geistlich hat es Greifswald verstanden, trotz schwedischer Vorherrschaft weitgehend seine Unabhängigkeit zu bewahren. Die 5500 Einwohner zählende Stadt besitzt mit der Saline, zur Salzgewinnung im nordöstlichen Teil der Stadt gelegen, mit ihren zahlreichen Stadtgütern und Ackerwerken in der ländlichen Umgebung, einen soliden Grundstock ihres städtischen Haushalts. Zwei Drittel der Einnahmen aus Stadtgütern stehen ihr zu. Auch der dreizehnköpfige Stadtrat, für den immer noch die Rats-Statuta von 1651 gilt, wählt aus ihren Reihen drei Bürgermeister, von denen einer zugleich das Amt des Landrats und Kurators der Universität bekleidet.

Schwedische und Pommersche Geistliche verbindet nicht nur ein gemeinsames lutherisches Bekenntnis, sondern das hiesige Kirchenwesen entwickelte aus der vom schwedischen König garantierten kirchlichen Eigenständigkeit, eine weitgehende Unabhängigkeit.

Ingesamt gesehen war die sogenannte Schwedenzeit, die bis zur politischen und territorialen Neuordnung Europas 1815 andauerte, für Greifswald ein Zeitabschnitt relativer Ruhe und Entspannung.

Auch das Haus des Seifensieders und Lichtgießers Gottlieb Adolf Friedrich in der Langen Straße döst noch verschlafen in der Morgensonne.

Hier ist Sohn Caspar David, das sechste von zehn Kindern, erst vor wenigen Tagen aus Kopenhagen nach Greifswald zurückgekehrt. Langsam holpert ein Pferdefuhrwerk die mit Pflastersteinen bedeckte Lange Straße in Richtung Marktplatz hinab. Schließlich passiert es auch das zweistöckige Haus des Seifensieders. Dem übermüdeten Pferdekutscher in der schäbigen Arbeitskleidung ist das Kinn auf die Brust gesunken. Dementsprechend teilnahmslos hält er die Zügel in der Hand.

Der Kopf des schlafenden Kutschers wackelt wie der einer lebloser Marionettenpuppe hin und her. Sein offen stehender Mund, aus dem laute Schnarchgeräusche dringen, verrät einen vertrauensvollen Tiefschlaf. Die Stute jedoch kennt den Weg. Sie zieht den leeren Wagen polternd um die Ecke in jene Straße, die zum Steinbecker Tor führt. Als die Räder des Fuhrwerks über einen Stein holpern, schreckt der Kutscher hoch: „Nu...na...nanu...nich' so doll, Liese...sind heut' ganz ruhig...ganz ruhig...", murmelt er schlaftrunken vor sich hin. Dann blinzelt er in die Morgensonne, vergewissert sich, dass er sich im richtigen Fuhrwerk in der richtigen Straße befindet und setzt friedlich sein Nickerchen fort. Liese steuert derweilen unbeirrt auf das große Steinbecker Tor zu.

Der 24jährige Caspar David hat für die Zeit seines Aufenthalts ein kleines Zimmer unter dem Dach seines Elternhauses bezogen. Vater Friedrich hat dafür gesorgt, dass der angehende Künstler eine Kammer ganz für sich alleine unter dem Dachboden erhält. Praktisch mag diese Entscheidung des Vaters zwar gewesen sein, doch für Caspar Davids sensibles und grüblerisches Gemüt ist sie nicht von Vorteil. So kann er sich ungestört in seine Gedanken einspinnen. Auch heute liegt er bereits lange wach, hat die Arme hinter dem Kopf verschränkt und grübelt. Die blonden Locken kringeln sich ungebändigt auf dem Kissen.

Eigentlich müsste er heute schon längst aufgestanden und mit dem Skizzenblock durch Greifswald spazieren gegangen sein, um Freihandskizzen anzufertigen. Und vielleicht hätte ihn der schöne Morgen auch dazu animiert, womöglich die Arbeit an einem noch nie vollbrachten Werk, einem Ölbild, zu beginnen. Oder doch erst mal eine Komposition mit wasserlöslicher Leimfarbe, die man unter Umständen nach Misslingen wieder entfernen kann? Ist er nach der Ausbildung im dänischen Kopenhagen nicht schon so weit, die handwerklichen und künstlerischen Anforderungen ans Malen in einem Maße zu beherrschen, um ein Kunstwerk zu schaffen? Aber ist er überhaupt ein Künstler, ein Maler? Oder ist alles vielleicht doch nur eine Laune des Schicksals? Alles vielleicht nur ein Lebensabschnitt und er würde eines Tages doch zum Vater nach unten in die stinkenden Kellerräume gehen, um ihm zu sagen, dass er nun auch Knochen kochen, Lauge ansetzen und Wachs verarbeiten wolle, um daraus Seife und Kerzen zu machen? Welche Bestimmung trägt er in sich? Die eines Malers oder die eines Handwerkers? Oder gar die eines Geistlichen?

1790 bei Universitätszeichenmeister Dr. Quistorp begonnen, beendete Caspar David Friedrich vier Jahre später 1794 den Zeichenunterricht bei seinem alten Lehrmeister und ging noch im selben Jahr zu einem weiterführenden Studium an die Kunstakademie Kopenhagen. Dort besuchte er die Freihandzeichnen-, die Gips- und die Modellklasse. Glücklich war er jedoch bei all den Arbeiten nicht. Ton anwerfen, Modellieren, Skulpturen anfertigen; alles schön und gut. Und doch gehörte seine Sehnsucht, seine Liebe der Natur, der Landschaft, dem reinen Extrakt göttlicher Ordnung und Phantasie.

Und weiter denkt Caspar David an diesem wunderschönen Morgen über seine Zeit in Kopenhagen nach: Kunstakademie, Kunstmalerei, Kunststudium, Kunstmachen... So ein Unsinn! Es ist doch schon alles da! Die Natur ist der beste Maler und Motivgeber zugleich. Wollen wir die Natur einholen, sie verändern, umgestalten? Die Darstellung der Natur als Gottes universaler Gedanke, das sollte das Bestreben eines Malers sein. Nicht die akademische Interpretation, in welcher Form auch immer, die letztlich von Glaube und Sinn der Malerei als Schöpfungsakt wegführt. Ein einfaches Bestaunen der Größe Gottes in der Natur; das soll der Künstler aus seiner eigenen Sicht darstellen!

Der junge Friedrich löst den Blick von der Decke seiner Dachkammer und steht schließlich auf. Unschlüssig sieht er sich nach der Waschschüssel um. Seifenpaste gibt es in diesem Haus genug, nur das Trinkwasser muss sparsam aus dem großen Wasserbottich geholt werden, der im Friedrichschen Haus unten zu ebener Erde steht.

Greifswald besitzt trotz einiger Pumpen zwar frisches, aber dafür ungenießbares Wasser. Das Trinkwasser muss eine halbe Meile entfernt aus dem Brunnenhaus in Koitenhagen geholt werden. Natürlich kann man sich aus der Pumpe einfaches Wasch- und Arbeitswasser holen, nur trinken sollte man es nicht.

(Dieser Zustand sollte noch bis 1886, bis zum Baubeginn eines Wasserwerkes und einer Wasserleitung, anhalten.)

Friedrich schaut in einen kleinen ovalen Spiegel, der über einem einfachen Holztischchen an einem schräg auslaufenden Dachbalken angebracht ist. Die unentwegten Grübeleien und zeitweilige Schlaflosigkeit haben dunkle Ränder unter seine Augen gezaubert. Die weiße Gesichtshaut bedeckt dünn, fast durchsichtig, Nase, Wangen und Augenlider.

Mit der Waschschüssel in der Hand verlässt er sein kleines Zimmer. Aus der Werkstatt des Vaters, im Keller des Hauses, schlägt ihm der typische Gestank des erhitzten Siedekessels entgegen. Daran muss sich der Heimkehrer aus Kopenhagen erst wieder gewöhnen. Mit den Geistlichen der Nikolaikirche hat es wegen des Gestanks schon Ärger gegeben, denn die Friedrichsche Seifensiederei liegt unmittelbar am Nikolaikirchplatz und direkt neben Greifswalds berühmter Kirche.

Nun steigt er die Stufen bis zum Erdgeschoss hinunter, um aus dem großen Wasserbottich Wasser zum Waschen zu holen. Gott sei Dank ist es in diesem Jahr im Frühjahr schon warm und er muss nicht erst das Wasser mit der Kelle in einen Kessel umfüllen, um diesen über der Feuerstelle in der Küche zu erwärmen.

Einige Zeit später verlässt er angekleidet, mit dem Skizzenbuch unter dem Arm das Haus.

Der junge Mann, der eben die Straße betritt, ist für den Geschmack der Greifswalder Passanten ein wenig zu französisch gekleidet. Sicherlich haben Postboten und Reisende von allerhand politischen Ungeheuerlichkeiten aus diesem Land berichtet, aber hier, in Schwedisch - Neuvorpommern, geht die Zeit anders. Jedenfalls muss man nicht gleich - wie der da - als junger, französischer Herr daherkommen.

Doch der junge Caspar David Friedrich ist kein eitler Pfau. Der im Grunde an Mode Uninteressierte bemerkt nicht, dass er mit seiner unpassenden Kleidung, die er aus Kopenhagen mitgebracht hat, die Provinz provozieren könnte.

Französisch ist das Zauberwort der gesellschaftlichen Elite, des Adels in Europa. Die Amtssprache in den dementsprechend gehobenen Kreisen ist natürlich französisch. Französische Mode und französische Umgangsformen sind dort das Maß aller Dinge. Verzweifelt versuchten die kleinen, deutschen Fürstentümer einen Abglanz des von ihnen vergötterten „Sonnenkönigs" Ludwig XIV. in Innen- und Außenarchitektur darzustellen und Europas extravagantestem Monarchen nachzueifern. Das endete allerdings oft in Selbstüberschätzung und Peinlichkeit.

Caspar David verkehrte während seines Studienaufenthalts in Dänemark gezwungenermaßen zuweilen in Künstlerkreisen, die dem dekadenten Geschmack des französischen Adels huldigten und festgefahrene, akademische Kunstauffassungen vertraten.

Auf die Lange Straße hinaustretend, trägt er zum Zeichen seiner Jugend die wilden blonden Locken offen und um den Hals eine gebundene Halsbinde. Elegant steht ihm der Gehrock mit hohem Kragen und breitem Revers. Darunter trägt der Heimkehrer aus Kopenhagen eine kurze, zweireihige Weste, die wiederum ein Hemd aus feinem Leinen bedeckt. Die Beine bekleiden eine enge, bis übers Knie reichende Hose. Doch statt der seidenen Kniestrümpfe, wie bei den begüterten Herren üblich, sind seine Strümpfe aus einfachem Leinen. Seine flachen Halbschuhe haben allerdings auch schon einige Meilen hinter sich. Er wird sie bald zu einem Schuhmacher bringen müssen.

Mittlerweile sind auch Greifswalds Bürger erwacht und gehen ihren Geschäften ruhig und bedächtig nach. Die anzutreffenden Passanten in den Straßen rund um den Marktplatz sind Studenten, Magister und Handwerker.

Caspar David zieht es vor die Tore der Stadt. Er will in die Natur, will am liebsten mit ihr verschmelzen. Eins sein mit ihr und dem göttlichen Gedanken von Harmonie und Anmut.

Wie heute morgen der schläfrige Kutscher mit seiner aufmerksamen Stute Liese geht er in Richtung Steinbecker Straße. Dazu braucht er nur die Lange Straße ein Stück zurückzugehen. Doch dann hält er plötzlich inne. Vielleicht sollte er zuvor auf den Markt nach Bekannten Ausschau halten? Einige seiner früheren Freunde wissen noch gar nicht, dass er aus Kopenhagen wieder zurück ist!

Er korrigiert seinen Weg, läuft die Lange Straße zum Markt durch. Die an der Nordseite in einer Reihe gepflanzten Bäume tragen ein zaghaft-grünes Blätterkleid. Wie kleine Kirchen ohne Glockenturm präsentieren sich dahinter die goti-schen Giebelhäuser. Gegenüber, auf der anderen Seite des Marktplatzes, steht eine Wasserpumpe. Sie wird gerade von Dienstmägden bedient. Diese tragen die übliche Bekleidung für Hausmädchen: eine nach hinten gezogene Kopfhaube und eine bis zum Hals geschlossene Bluse aus feiner Baumwolle über einem gestrickten, knöchellangen Kleid. Die hochangesetzte Schürze hat ein karier-tes Muster und die Füße stecken in flachen Halb-schuhen. Der Kleidung nach zu urteilen sind sie für die inneren Arbeiten bei der Herrschaft und nicht für derbe Tätigkeit auf der Straße gekleidet. Die Kräftigere von ihnen hat sich auch schon die Ärmel ihrer Arbeitsbluse hochgekrempelt. Kraft-voll pumpt sie das Wasser in die vor ihr stehenden Krüge und Schalen. Diese werden von zwei ande-ren Dienstmägden gehalten. Wenn ein Schwall daneben geht und die Mädchen mit Wasser be-spritzt werden, juchzen sie begeistert auf.

Neben dem Rathaus vor der Apotheke stellt ein Transportarbeiter, vom Hafen kommend, eine große Schubkarre ab. Die Ladung, zwei kleine Fässer, zwei verschnürte Ballen und einige Pakete, haben ihm Matrosen eines angekommenen Segelschiffes im Hafen aufgeladen. Er keucht, wischt sich erschöpft mit dem Handrücken den Schweiß von der Stirn.

Der Mann trägt eine graue, grobgeschneiderte Leinenhose, abgewetzte Halbstiefel und ein langes Pulloverhemd. Die schäbige Mütze auf dem Kopf hat auch schon bessere Tage gesehen. Doch er muss nicht lange warten, um seine Ware an den Mann zu bringen. Aus dem Haus neben dem Rathaus tritt der Apotheker. Dieser ist ein elegant gekleideter Herr. Er trägt einen engen Leibrock mit einer knielangen Lederhose darunter. Sie bringt, wie gewünscht, die neuen, gestreiften Strümpfe fabelhaft zur Geltung. Die Füße stecken in niedrigen Stiefeln aus feinem Leder. Er tritt mit einem Krug in der Hand, darin köstliches Trinkwasser, aus der Apotheke und reicht dem Träger die Erfrischung: „Nimm ruhig einen kräftigen Schluck. Wir fahren ja mit dem Fuhrwerk jeden Tag zum Brunnenhaus hinaus."

Der Schubkarrenfahrer nimmt den Krug dankbar entgegen und trinkt glucksend daraus. Dann klatscht der Apotheker zweimal in die Hände. Kurz darauf kommen aus dem Haus zwei Apothekergehilfen gelaufen.

„Flott reingebracht, die Pülverchen, Kräuter und Binden!", befiehlt der Apotheker und nun entladen seine Gehilfen der Reihe nach den schweren Schubkarren.

Caspar David hat diese Szene interessiert beobachtet. Selbst während der Arbeit liegt eine friedvolle Harmonie und Anmut über dieser Stadt. Ein vornehmer und gut gefederter Zweispänner überquert mit leisem Pferdegetrappel den Markt in Richtung Mühlentor. Er kann nicht erkennen, wer darin sitzt. Ein Professor? Ein Ratsherr?

Dann dreht er sich um, geht die Lange Straße zurück, biegt schließlich in die Steinbecker Straße ein. Dort durchschreitet er das große Steinbecker Tor, überquert die Brücke über den Ryck, bleibt auf der anderen Seite des Flusses stehen und schaut zur Stadt hinüber. Ein leichter Nebel ist an diesem Morgen aufgezogen. Er zeichnet den Hafen zwar freundlich, aber auch unwirklich und fremd - wie nach einem Traum. Die Sonne hat Mühe, ihre Strahlen durch das Leinentuch des Nebels hindurchzuschicken.

Eine Bildkomposition steigt vor Caspar Davids geistigem Auge auf. Aber etwas stimmt nicht! Doch was? Die niedrigen Häuser auf der gegenüberliegenden Seite des Flusses kauern geduckt vor dem aufstrebenden Turm der Nikolaikirche. Der junge Maler geht auf dieser Uferseite ein paar Schritte in östlicher Richtung zur Saline. Prüfend schaut er wiederum zur Stadt hinüber. Die Marienkirche hat sich seitlich vor die Nikolaikirche gedrängt. Mit ihrem mächtigen Bauch, dem gotische Kirchenschiff, deckt sie die schlanke Nikolaikirche etwas weiter hinten fast zu. Die Perspektive gefällt ihm. Und die Segelschiffe auf dem Ryck schwimmen lautlos dahin, wie aus dem Nichts kommend. Sie atmen Ruhe, Sehnsucht, Ewigkeit. In Caspar Davids Kopf wird der Hafen zum Bild und sein Inneres schwingt dabei in tiefem Frieden mit. Ohne Hektik und Hast wird am gegenüberliegenden Ufer die Ladung eines Schiffes gelöscht.

Caspar David Friedrich sieht die Arbeit als Bestandteil der Natur, der Schöpfung. Als Gottes sinnvollster Gedanke im Umgang mit dem Menschen. Innerhalb dieses vorgegebenen Raum gestaltet der Mensch die Schöpfung mit. Welch Harmonie und Anmut! Welch tiefer Gedanke!

Unweit von seinem Beobachtungsposten sitzen ein paar Fischer. Sie flicken in einträchtiger Ruhe ihre Netze und arbeiten an ihren Booten. Ja, so könnte ein stimmungsvolles Bild daraus werden! Es ist aber noch immer etwas Ungereimtes in der Szenerie! Was stört diese harmonische Zwiesprache des Himmels mit der Erde, mitten im Arbeitsalltag? Die Arbeit selbst? Nein, sie fügt sich harmonisch ein. Sie ist von Gott gewollt und kann deshalb nicht stören. An beiden Ufern des Ryck grünen niedrige Sträucher. Sie geben diesem Arbeitsplatz einen ländlichen Charakter. Es existiert kein hektisches Treiben wie in den großen Städten. Dort muss man ja sogar am Straßenrand stehen bleiben, wenn man zur anderen Seite hinüberwill. Und nur, weil zwei Kutschen gleichzeitig aneinander vorbeifahren und somit die Straße blockieren. Welch hektischer Verkehrstrubel! Friedrich zückt das Skizzenbüchlein. Doch erneut befällt ihn eine seltsame Unruhe. Sie lässt ihn nicht länger am Hafen verweilen.

'Das Bild ist gedanklich noch nicht fertig. Ich werde diese wunderschöne Szene mit den arbeitenden Fischern im Vordergrund, der Stadt im Hintergrund, vor einem leicht verhangenen, lichtdurchglühten Himmel, später in Öl malen. Das verspreche ich.'

(Es sollte allerdings noch bis 1818 dauern, bis Caspar David Friedrich seine Beobachtung auf seinem Ölbild „Greifswalder Hafen" verwirklichen kann.)

Die Zeit des Ausprobierens, jene geometrischen Studien, die er auf der Kunstakademie in Kopenhagen zuhauf anfertigte, ist vorbei. Vielmehr beschäftigt er sich jetzt mit der Darstellung des menschlichen Körpers in der Natur, mit Farblehre und Perspektive.

Caspar David geht den Weg zurück durch das Steinbecker Tor. Er möchte nach seinem vierjährigen Aufenthalt in Kopenhagen die Überreste des vormaligen Franziskaner- des Grauen Klosters und den Bau der geplanten Schule auf dem Grundstück der vormaligen Klosterkirche St. Peter und Paul sehen.

Seit dem überstürzten Abriss der Klosterkirche vor acht Jahren, anno 1790, durch Greifswalder Bürger, zieht es ihn immer wieder zur Klosteranlage. Von der alten Bausubstanz ist nur noch ein Teil des Ostflügels mit dem Guardianhaus vorhanden. Trotzdem, der Anblick von Ruinen und Klosteranlagen hinterlassen bei ihm stets ein Gefühl von Erhabenheit, Ruhe und Sehnsucht nach Beständigkeit.

Als sich damals die Nachricht vom Abriss der Klosterkirche durch aufgebrachte Bürger wie ein Lauffeuer in Greifswald verbreitete, befand sich Caspar David gerade in einer seiner ersten Unterrichtsstunden beim Universitätszeichenmeister Dr. Quistorp. Dieser meinte empört, die Greifswalder hätten wohl zu lange in der Sonne gesessen oder hätten Langeweile, denn ein vormaliges Kloster, auch wenn es jetzt anders genutzt würde, reiße man nicht einfach so ab. Hier handele es sich immerhin um einen Beweis großartiger Greifswalder Baukunst in der Vergangenheit.

„Frevel!", schimpfte der Zeichenlehrer, „die Greifswalder sind so dumm wie die Steine, mit denen sie ihre Stadt gebaut haben!"

„Man sagt, die Klosterkirche sei baufällig gewesen und es wären Steine heruntergekommen, weshalb sich die Leute im Rathaus beschwert hätten", gab der junge Friedrich zu bedenken. Doch Dr. Quistorp war so schnell nicht zu beruhigen: „Unsinn, wenn ein paar Steine in der Mauer locker sind, fügt man sie wieder ein und befestigt sie mit

Mörtel. Deshalb reißt man doch nicht gleich eine ganze Klosterkirche ab, nur weil darin keine Messe mehr gelesen wird!"

Doch dann war seine Wut, so schnell wie sie gekommen war, wieder verflogen: „Kunstbanausen, die Greifswalder, allesamt", brummelte er noch vor sich hin. Dann hatte sich der Rauch verzogen: „Zeichne weiter diesen Notenschlüssel!" befahl Lehrer Quistorp und sein gelehriger Schüler gehorchte.

Caspar David geht nun zwischen Nikolaikirche und Universität in südöstliche Richtung eine Straße mit niedrigen, aber gepflegten Bürgerhäusern hinunter. Er biegt links ab und steht bald vor dem Guardianshaus, dem vormaligen Wohnhaus des letzten Klostervorstehers Simon Kamen. Plötzlich überkommen ihn wieder Zweifel.

'Was will ich hier? Das Haus zeichnen? Skizzen vom letzten Rest des versunkenen Grauen Klosters anfertigen?'

Friedrich ärgert sich angesichts seiner Unkonzentriertheit. Er weiß nicht, wohin er will. Weiß er überhaupt, *was* er will? Er will Künstler werden! Wie kann man nur so überlegen! Entweder man ist es oder nicht. Schon allein der Zweifel, ob man Künstler ist oder nicht, beweist, dass man es nicht ist. Künstler sein ist eine Lebenseinstellung, eine Lebensauffassung. Und es ist eine Gabe, eine Bestimmung der Natur. So wie es Menschen gibt, die zum Herrschen, zum Dienen, zum Handwerk, zur Arbeit, zum Malen oder Komponieren geboren worden sind, weil sie diese Tätigkeit besonders gut ausüben können. Doch wann ist man ein Künstler? Was passiert, wenn man seine Lebensbestimmung nicht erkennt und danach handelt? Lebt man dann sinnlos und gegen Gott? Nein, zum Künstler ist er ganz sicher nicht berufen. Denn dann bräuchte er sich bestimmt nicht so zu quälen. Alles ginge leicht und locker von der Hand und er wäre nicht so von Selbstzweifeln und Mutlosigkeit geplagt. Und wenn ein reicher Gönner, ein Mäzen ein Bild von ihm kauft? Und wenn nicht? Er müsste sich beispielsweise mit Prospektmalerei an einem Theater ein festes Einkommen sichern. Aber dazu müsste er nach Dresden gehen. Und warum nicht?

„Warum grübelst du und lässt nicht einfach Gott entscheiden? Glaube an dein Schicksal. Glauben heißt auch Geduld zu haben. Nicht alles sofort wissen und durchforschen müssen. Glauben heißt: auch mal stillhalten können, bis Gott eine Antwort gibt! Kannst du das?"

Wie vom Himmel gefallen steht neben Caspar David Friedrich ein seltsamer, geheimnisvoller, alter Mann. Ein Prophet? Ein Wahrsager und Gedankenleser? Er sieht an ihm herunter. Der schäbigen Kleidung nach zu urteilen, sein Gehrock ist fleckig und abgewetzt, ist er vielleicht nur ein Reisender, der Unterhaltung sucht. Friedrich winkt ab: „Ist schon gut. Ihr irrt Euch, mein Herr. Mir geht es bestens..."

„Glückliche Menschen sehen aber anders aus. Weißt du eigentlich, an welch heiligem Ort du dich befindest?"

„Na, sicherlich, ich bin doch Greifswalder. Hier befand sich die Klosteranlage des hiesigen Franziskanerordens und dort, wo jetzt eine Schule gebaut wird, befand sich die Klosterkirche St. Peter und Paul, die 1789/90 abgerissen wurde. Immerhin wurde der Entwurf meines früheren Zeichenlehrers Johann Gottfried Quistorp zum Bau der Schule schon vor fünf Jahre angenommen. Was sagt Ihr nun?"

„Brav, mein Sohn, brav. Aber weißt du auch, welche unheimlichen Dinge sich im 16. Jahrhundert hinter diesen Klostermauern abgespielt haben? Und dass nach der Reformation in Greifswald hier im Grauen Kloster heimlich weiter katholische Messen gelesen wurden?"

„Das wird wohl bei solch einem Ereignis nicht ausbleiben, oder?"

Friedrich zeigt sich äußerlich unbeeindruckt, obwohl der Fremde ihn ängstigt. Wo kommt dieser unbequeme Reisende her?

„Nein, es geschah noch mehr", der Fremde zeichnet eine Handbewegung in die Luft, als wolle er einen Fluch beschwören. „Dort hinter dicken Klostermauern und unter den Steinplatten der Klosterkirche fand eine reine, unbedarfte Liebe ihren Anfang und ihr mörderisches Ende. Eine Tragödie, die nicht umsonst verschwiegen wurde und bewusst in keiner Chronik, in keinem Geschichtsbuch zu finden sein wird. Eine Ungeheuerlichkeit, die man bis in alle Zeit weiter verschweigen wird. Ein Greifswalder Drama, das sich nach der Reformation in dieser Stadt ereignet hat. Und nun hör gut zu, du an deiner Berufung zweifelnder Maler..."

4. Kapitel – Greifswald 1557

Nach der vorübergehenden Einigung Pommerns durch Herzog Bogislaw X. war das Land zur beschriebenen Zeit erneut geteilt. Diesmal in die Herzogtümer Stettin und Wolgast. Ersteres ging an Bogislaws Sohn Barnim IX., Wolgast fiel Philipp I. zu, dem Nachfolger des 1531 verstorbenen Herzogs Georg I.

Die Gründung des Greifswalder Franziskanerklosters fand durch den Gützkower Grafen Jaczo I. von Salzwedel und seine Frau Dobroslawa am 29. Juni 1242 statt. Die hier lebenden Mönche in grauer Ordenstracht folgten der Zweiten Ordensregel des Heiligen Franziskus von Assisi.

Nach der Einsetzung der Reformation am 13. Dezember 1534 auf dem pommerschen Landtag in Treptow an der Rega traten zwei Jahre später, anno 1536, die beiden pommerschen Herzogtümer dem „Schmalkaldischen Bund", einem lockeren politischen und militärischen Staatenbund der Protestanten, bei. Die Herzöge Barnim und Philipp wurden so als Mitglieder der evangelischen Einigung anerkannt.

Die Voraussetzungen zur Reformation in Pommern waren in Greifswald schon wesentlich früher getroffen worden. Bereits 1526 endete, zunächst vorübergehend, die Vorlesetätigkeit an der Greifswalder Universität, da die katholischen Professoren keine Zuhörer mehr fanden.

Am 16. Juli 1531 wurde in der Nikolaikirche die erste evangelische Predigt gehalten. Zum katholischen Feiertag Allerheiligen wiederum las man zum letzten Mal eine katholische Messe und der letzte katholische Probst Henning Lotze verließ nach der Aufhebung der katholischen Gottesdienstordnung die Stadt.

Johannes Bugenhagen, Freund Martin Luthers und Reformator Pommerns und Dänemarks, traf im Juni 1535 in Greifswald ein, um mit einem Rezess die Verwaltung der Kirchenvermögen neu zu ordnen, die Einkünfte der Universität zu klären und Neureglungen für die zukünftigen Gottesdienste durchzusetzen. Er setzte somit den vorläufigen Abschluss der Reformation in Greifswald. Nach der neuen „Treptower Kirchenordnung" sollten die Franziskanermönche im Grauen Kloster bleiben und aus dem dortigen Vermögen bis zum Tod versorgt werden. Die älteren Mönche folgten der Empfehlung und blieben im Konvent. Die jüngeren Franziskanerbrüder verließen die Stadt. Man erlaubte ihnen, einen Teil der Hausgeräte zu verkaufen, um den Erlös als Reisegeld zu verwenden. 1556 übergab der letzte Vorsteher des Grauen Klosters, der Guardian Simon Kamen von Falkenberg, auf Befehl des Provinzialministers Thomas Regis dem Rat der Stadt Greifswald das Kloster mit allem Zubehör.

Dennoch. Ganz so konfliktlos wie beschrieben, verlief der Übergang vom Katholizismus zur protestantischen Glaubenslehre nicht. Die Reformation hatte die Menschen in ihrem christlichen Glauben gespalten. Waren Politik und Wirtschaft in Stadt und Land in den Entscheidungen ihrer Vertreter offiziell evangelisch, so spürten die Menschen in ihrer Glaubenseinstellung weiterhin einen tiefen Spalt. Ein Ratsherr konnte tagsüber ruhig evangelisch sein, brach die Nacht herein, so rührte sich sein katholisches Gewissen. Demzufolge reagierte man natürlich im Greifswalder Grauen Kloster. Und das, obwohl die Konventsgebäude einer Stadt mit lutherischem Bekenntnis gehörten! Während also in den drei Hauptkirchen fleißig evangelischer Gottesdienst abgehalten wurde, zelebrierten die letzten Franziskanermönche, zumeist zu später Stunde oder gar nachts, für Greifswalds Katholiken auch weiterhin heimlich die Heilige Messe. Hier besteht nach wie vor der sogenannte alte Cultus, den vor allem regelmäßig die begüterten Bürger der Stadt besuchen. Da finden wir unter den Gottesdienstbesuchern unter anderem den früheren Präpositus Henning Lotze, Bürgermeister Borch Bekmann, die Ratsherren Joachim Engelbrecht, Peter Corswant und Gregor Gruwel, den Domherrn der Markt-Kirche zu Stettin und Nikolai-Kirche zu Greifswald, Dr. Johannes Otto, sowie weitere einflussreiche Persönlichkeiten der Stadt wie Offiziere der Stadtwache, Magister, vornehme Handwerksmeister, reiche Kaufleute und begüterte Händler. Sie alle haben mit dem neuen Glauben der Reformation nichts im Sinn und würden lieber heute als morgen Johann Bugenhagen hängen sehen.

In einer heimlichen Eilmeldung verbreiten sympathisierende, berittene Kuriere der Stadtwache die Nachricht des letzten Guardian des Grauen Klosters, Simon Kamen, im Frühjahr 1557 an seine katholischen Freunde, dass „aufgrund von vermehrter Aufsicht durch den Stadtrat die Heilige Messe erst nach dem Ausrufen der ersten Stunde in einem Seitenschiff der Kloster-Kirche St. Peter und Paul zelebriert werden kann".

Die misstrauischen Stadtdiener haben zudem im Kloster Fackeln und Kerzen eingesammelt, so dass der Gottesdienst nur bei notdürftig ausgeleuchtetem Raum stattfinden wird.

„Wir sollten alle gen Süden gehen und mit einem riesigen Söldnerheer wiederkommen. Diese verdammten Protestanten in Pommern! Der Teufel hole sie!", flucht der betagte Klostervorsteher Simon Kamen, nachdem er am Stehpult im asketisch eingerichteten Schreibzimmer seines Hauses die von Mönchen kopierten Schriftstücke unterzeichnet hat. Dann hält er erschrocken inne, blickt auf das vor ihm stehende Kruzifix: „Verzeih, oh Herr, aber soll das alles in Deinem Sinne gewesen sein? Dass die Widersacher die Überhand gewinnen und uns jagen wie räudige Hunde? Lass mich nicht wanken in meiner Aufgabe. Ich will stark und unanfechtbar bleiben, auf dass ich später in der Ewigkeit zusammen mit den Brüdern, die uns zu Dir vorausgegangen sind, den Lohn für alle irdischen Mühen erhalte. Amen."

Schwermütig nachsinnend vertieft sich der Klostervorsteher in den Schein der vor ihm stehenden Kerze. Ihr Licht wirft geheimnisvolle Schatten auf die auf dem Stehpult befindlichen Gegenstände: das Kruzifix, das danebenstehende Tintenfässchen mit einer abgegriffenen Feder darin, einen eisernen Drudenfuß (Pentagramm), zusammengerollte Schriftrollen, einen Silberbecher mit funkelndem Rotwein und eine Bibel.

Simon Kamen sieht sein Lebenswerk zerbröseln. Der Übergang von Katholizismus zur Reformation hat ihn tief getroffen. Verzweifelt hadert er nun mit sich, seinem Schicksal und mit Gott. War alles richtig, was er im Leben getan hat? Jetzt, da am Ende seiner Tage das Kloster offiziell der protestantischen Stadt gehört und er und die letzten alten Mönche nur noch Gäste im eigenen Haus sind? Nein, so hat er sich seinen Lebensabend nicht vorgestellt! Aber solange er noch atmen kann, wird er gegen die neuen Aufrührer ankämpfen. Er wird seinen Platz nicht verlassen, den alten Glauben, der sich Jahrtausende lang bewährt hat, nicht verraten. Dieses Schisma des unglücklichen Martin Luther von Wittenberg, anno 1517, hat für ihn nicht stattgefunden. Die Feinde der Kirche erheben in der Endzeit zwar ihr Haupt, doch sie werden, wie in der Offenbarung verkündet, vernichtet werden!

Langsam hebt Simon Kamen den Kopf. Bedächtig rollt er die von ihm unterzeichneten Schriftstücke zusammen, legt Kordel darum und versiegelt die Enden mit rotem Wachs, das er zuvor im Kerzenlicht verflüssigt hat. Dann drückt er nachhaltig und genau das silberne Siegel in das Wachs und nickt zufrieden: Auf denn, stärken wir unsere Greifswalder Mitbrüder im Glauben und in der Liebe zu Christus!

Der letzte Klostervorsteher des Greifswalder Franziskanerklosters steckt seine Hände nicht in den grauen Skapulier zurück, sondern klatscht fordernd zweimal in selbige. Im dunklen Hintergrund des Zimmers öffnet sich unter einem gotischen Mauervorsprung knarrend eine Tür. Die Zugluft, die durch den gegenüberliegenden, kalten Kamin entsteht, lässt die Kerzen auf dem eisernen Leuchter an der Decke flackern. Auch die Kerzen auf seinem Schreibpult drohen zu verlöschen.

„Komm rein und schließ rasch zu!", befiehlt Simon Kamen dem älteren Mitbruder. Schwerfällig schlurft der Guardian über die dicken Bodenbohlen, lässt sich dann erschöpft auf einen derb geschnitzten Stuhl aus dunklem Eichenholz mit hoher Lehne nieder.

„Diese ausgefertigten Schriftstücke müssen so rasch wie möglich zu unseren Glaubensbrüdern. Haben wir vertrauenswürdige Reiter, die das für uns erledigen können?"

„Gewiss, Herr. Fast die gesamte Stadtwache besteht aus treu ergebenen Dienern des wahren Glaubens."

„Wir müssen uns beeilen! Wer von ihnen kann die Schriftrollen unbemerkt unter unsere Mitstreiter verteilen?"

Der Franziskanermönch, der in der Dunkelheit des Zimmers stehen blieb und die Hände unter seinem grauen Skapulier versteckte, zieht sie nun hervor und streckt sie beschwörend in die Luft: „Herr, wer soll in solch kurzer Zeit das alles schaffen? Wir hier im Kloster sind alte Männer, stehen im Glauben des Herrn und erwarten unsere Heimkehr in die Ewigkeit."

Simon Kamen winkt ab: „Lass sein. Jammern hilft uns jetzt auch nicht weiter. Sag an, wer von der den Glaubensbrüder der Stadtwache könnte diese ehrenwerte Aufgabe übernehmen?"

„Eckhard Klasen, denke ich. Ein vorzüglicher Soldat und Diener unseres Herrn Jesus Christus. Ein unbeirrbarer Streiter für die gerechte Sache unseres Glaubens. Der Stadtkommandant hat ihm außerdem die Ehre des Meldeboten zuteil werden lassen."

„Ausgezeichnet. Dann also ist Glaubensbruder Eckhard unser Mann. Lass' ihm sofort die Schriftrollen zukommen, auf dass er sie zuverlässig an die Unsrigen verteile."

Simon Kamen erhebt sich aus dem Stuhl aus Eichenholz und tritt gedankenversunken an den dunklen Kamin. Frösteln versteckt er die Arme unter dem Skapulier.

„Sogar das Kaminholz haben uns die protestantischen Feinde Gottes weggenommen. Bald haben wir gar nichts mehr", flüstert er wütend vor sich hin. Doch dann dreht er sich entschlossen um, strafft sich: „Schick Lucellus, unseren jüngsten Mitbruder, mit den Schriftrollen zu unseren Freunden der Stadtwache, zu diesem Eckhard Klasen. Er soll sie unauffällig verteilen!"

Und so bekommt Bürgermeister Borch Bekmann die Schriftrolle von jenem Meldeboten der Stadtwache, Eckhard Klasen, während der Ratssitzung zugesteckt. Die eiligen Kuriere werden ohne weiteres in den Ratssaal vorgelassen und nicht durch die Ratsdiener aufgehalten. Man vermutet eine dienstliche Nachricht und keinen Hinweis auf eine heimlich stattfindende Messe im Grauen Kloster nach Mitternacht. Nachdem Bekmann heimlich das Siegel gebrochen, die Schriftrolle aufgerollt und sie gelesen hat, grübelt er, wie denn die Durchsuchungen im Grauen Kloster durch die Protestanten ohne sein Wissen durchgeführt werden konnten. Als einer der drei Bürgermeister hätte er es doch mitbekommen müssen. Gibt es im Rat eine undichte Stelle? Verrat? Wissen Leute von seinen heimlichen Besuchen der katholischen Messe bei den Franziskanern? Wer könnte der Verräter sein? Er blickt über den großen Ratstisch hinüber zu Ratsherrn Joachim Engelbrecht. Die beiden heimlichen Katholiken können gegenseitig ihre Gedanken lesen. Engelbrecht scheint zu wissen, was Bekmann bewegt. Er schüttelt unmerklich den Kopf und blickt seinerseits rüber zu Peter Corswant, einem ebenfalls verbündeten Katholiken im Rat. Aber auch der dokumentiert mit einer scheinbar zufälligen Handbewegung, dass er von einer kürzlichen Durchsuchung des Grauen Klosters keine Ahnung hat. Nun muss sich in dieser heimlichen Befragung untereinander am Ratstisch noch der redegewandte Gregor Gruwel äußern. Bürgermeister Bekmann wüsste dann genau, dass seine Vertrauten nicht in das Durchsuchungskomplott verwickelt sind. Da steht Ratsherr Gruwel, eingemummt in seinen pelzgefütterten Mantel mit großem Kragen und gepolsterten Ärmeln, ungefragt auf und sagt: „Ich habe keine Ahnung!", obwohl er das zur Debatte stehende Thema gar nicht verfolgt hat. Die schläfrig dabeisitzenden anderen Ratsherrn sehen darin aber einen ernstzunehmenden Diskussionsbeitrag und klopfen mit ihren Fäusten auf die dicke Tischplatte: „Bravo! Gut gesprochen, Gruwel!"

Bekmann atmet heimlich erleichtert auf.

„Gott sei Dank, der auch nicht", murmelt er leise vor sich hin. Und für die anderen, nichteingeweihten Ratsherrn spricht er nun laut: „Ganz vorzüglich, Gruwel. Dann können wir das Thema 'Auftrittsgebühren für Straßenmusikanten, Zirkusleute, Clowns und Wegevolk auf Markt und Nebenstraßen' vertagen – bis wir mehr wissen."

Die Bürgermeister und Ratsherrn erheben sich von ihren Stühlen mit den hohen Lehnen und verlassen den Ratssaal. Die Posten der Stadtwache präsentieren am Ausgang ihre Hellebarden.

Bekmann zupft Gruwel am Pelzmantel. „Alles mitbekommen?", fragt er zweideutig den Ratsherrn.

„Ich hatte schon vor der Sitzung von einem Offizier der Stadtwache davon erfahren."

„Welcher Ratsherr steckt in drei Teufels Namen dahinter?"

„Nun mach' dir keine Sorgen, Borch. Außerdem ist noch gar nicht raus, ob überhaupt ein Ratsherr geplaudert hat. Da braucht nur ein Student an der Universität ein Gerücht in die Welt gesetzt zu haben."

Doch Bekmann sieht das anders. „Noch nichts passiert?", fragt er aufgebracht. „Natürlich wird der steigende Pechverbrauch für die Fackeln im Grauen Kloster auffallen! Und die vielen Kerzen, die während der Messen angezündet werden. Ich habe sie unter einem Vorwand beiseite geschafft. Habe dem Stadtkämmerer gesagt, die Universität braucht so viele. Doch das schaffte bei ihm vielleicht Misstrauen?"

Bekmann ist in seinem zugeknöpften Wams nicht wohl zumute.

„Beruhige dich, Borch. Simon hat schon reagiert. Du hast es selbst gelesen. Es werden heute Nacht in St. Peter und Paul weitaus weniger Kerzen angezündet und Fackeln im Klosterhof entfacht werden. Sie sparen, wo sie nur können."

„Glaubt es nur, die Protestanten wissen nichts", beteiligt sich Ratsherr Peter Corswant am Gespräch.

„Dein Wort in Marias Ohr. Kommt Ihr heute Nacht?"

„Borch...", Ratsherr Johannes Engelbrecht lässt sich, während er spricht, von seinem Diener den gefütterten Mantel um die Schultern legen, „wir würde lieber eine Ratssitzung versäumen als eine Messe zu Ehren unserer heiligen Mutter Kirche."

„Brav, meine Freund. Lasst die Feinde Gottes toben. Sie werden dafür teuer bezahlen müssen! Alle!"

Dann beenden der Bürgermeister und seine Ratsherren die nach Sitzungen üblichen Absprachen unter Freunden mit einem kurzen Kopfnicken und verlassen getrennt den Ratssaal.

Im Saal selber entledigt sich ein Ratsdiener beflissen seiner ledernen Halbstiefel. Dann steigt er mit einem Kerzenlöscher in der Hand auf den großen ovalen Ratstisch, um die Flammen der brennenden Kerzen im Kronleuchter zu löschen.

Mitternächtliche Dunkelheit hat sich wie ein schwarzes Tuch über Greifswald gelegt. Die Häuser der Stadt und ihre Bewohner darin schlafen hinter einer wehrhaften, mittelalterlichen Stadtmauer. Mit stummer Eleganz ragen die Türme der drei Hauptkirchen in den schwarzblauen Himmel.

Einsam ruft der Nachtwächter jede neue Stunde in die dunklen Gassen der Stadt. Die wenigen Wirtshäuser rund um den mit unebenen Pflastersteinen belegten Marktplatz sowie die Schänken in den schlammigen Nebenstraßen haben schon lange geschlossen. Selbst die begüterten Zecher aus dem Ratskeller, die sich auf dem Heimweg mit einer Fackel oder gar Laterne heimleuchten können, sind längst in ihren Häusern bei ihren Frauen. Ein kühler Wind pfeift durch die schmalen Straßen. Einsam zieht ein Bussard um den Turm von St. Nikolai. Von irgendwoher ruft ein Käuzchen. Sonst ist es ruhig. Niemand ist unterwegs. Doch die Stille täuscht! Mit dumpfem Hall und bei gelöschtem Wagenlicht holpert eine zweispännige Kutsche quer über den Marktplatz. Das Ziel des Kutschers ist die Franziskanerklosterkirche.

Wie die Außengrenze der riesigen Klosteranlage zum Stadtinnern hin steht der größte Teil des Gebäudes der Klosterkirche in der Mühlenstraße.

Drei weitere Gestalten laufen geduckt im Schatten der Markthäuser in dieselbe Richtung. Irgendjemand von den geheimnisvollen Gestalten in den schwarzen Umhängen lässt in der Hast etwas scheppernd fallen.

„Psst!", flüstert eine Stimme wütend. „Nicht so laut! Ihr weckt noch die ganzen Protestanten auf! Zieht sicherheitshalber das Schwert!"

Doch die in schwarze Umhänge Vermummten können ihren heimlichen Gang unbehelligt in Richtung Graues Kloster fortsetzen.

Rund hundertfünfzig Schritte weiter wird mit leisem Knarren auf Anweisung eines Offiziers der Stadtwache das Greifswalder Mühlentor geöffnet. Zwei schwarze Reiter passieren das Stadttor. Die Hufe ihrer Pferde haben sie mit Lappen umwickelt, um einen lauten Hufschlag zu vermeiden. Auch ihr Weg führt sie zum Franziskanerkloster. Und dann erhebt sich gegen das Dunkel der Nacht, wie aus dem Nichts, in gespenstischer Schönheit, ein Schimmel. Darauf zwei Reiter: vorn der oberste Hauptmann der Stadtwache, Georg Kreideboom. Und dahinter, durch den breiten Rücken des Vaters geschützt, Kreidebooms einzige Tochter Konstanze. Ihre langen, blonden Haare hat sie zu einem Knoten zusammengebunden und unter der Kapuze ihres schwarzen Umhang verborgen. So verkleidet unterscheidet sie sich von den anderen heimlichen Besuchern nicht.

Georg Kreideboom hat sich nach langem Zögern und schweren Bedenken entschlossen, seine als Jüngling verkleidete Tochter verbotenerweise ins Graue Kloster mitzunehmen, um sie an der Heiligen Messe teilnehmen zu lassen. Das Mädchen soll katholisch erzogen werden! Auf gar keinen Fall darf sie an den Protestantismus verloren gehen! Auch auf die Gefahr hin, ein noch nie gebrochenes Tabu, den Besuch eines weiblichen Wesens in einem Mönchskloster, brechen zu müssen. Kreideboom ist für die Verteidigung des katholischen Glaubens zu allem bereit! Um der Sache Willen müssen Unmöglichkeiten möglich gemacht werden. Konstanze muss wissen und erfahren, wie es in diesem Kloster zugeht, denn alle drei Hauptkirchen sind seit der unsäglichen Reformation in Greifswald in protestantischer Hand. Niemand wird den Schwindel bemerken, da sie alle schwarze Kapuzen und Umhänge tragen. Und so hat er für heute Nacht seine Dienstrüstung abgelegt und trägt unter dem schwarzen Umhang elegante Zivilkleidung. Auf dem Kopf sitzt ein weicher Samthut mit einer schmalen, steifen Krempe. Sein Wams besitzt gegen den kühlen Wind einen schützenden, hohen Kragen. Die gefütterten Ärmel sind mit kurzen Schlitzen versehen. Lediglich die Pluderhose unter dem schwarzen Umhang ist für die Jahrszeit unangemessen kurz. Am Gürtel trägt er ein leichtes Schwert. Leider kann nun niemand seine Kleider bewundern, denn der fließende Stoff seines schwarzen Umhangs verhüllt ihn vollständig. Konstanze trägt unter ihrem Umhang ein langes, purpurrotes Samtkleid mit hohem Stehkragen und langen Ärmeln, die in Schulterhöhe aufgepufft sind. Um die Taille trägt die Tochter des Stadtkommandanten einen schmalen Kettengürtel aus Gold. Die Füße stecken in knöchelhohen Schuhen aus weichem Leder, die mit einem Pelzrand besetzt sind.

Sie alle sind zur nächtlichen Stunde unterwegs, um im Grauen Kloster durch den Besuch der Heiligen Messe ihren katholischem Glauben zu bezeugen.

Georg Kreideboom hat es natürlich so eingerichtet, dass heute Nacht nur katholische Wachleute aufgestellt wurden. Und bei dieser Maßnahme wusste er das Offizierskorps geschlossen hinter sich. Die einfachen Soldaten haben zwar den neuen, evangelischen Glauben begeistert begrüßt und sind zum Protestantismus konvertiert; auf seine Offiziere jedoch kann der Stadtkommandant sich felsenfest verlassen.

Aus allen Richtungen sind nun vermummte Gestalten, beritten und zu Fuß, zur riesigen Klosteranlage zusammengeströmt. Wie laufende Schatten streben sie gemeinsam einem von Büschen fast gänzlich überwachsenen Geheimgang auf der hinteren Seite der Klosterkirche, an der Stadtmauer, zu. Dieser wiederum führt sie zu einem Tor, welches von graugekleideten Mönchen knarrend geöffnet wird. Andere Brüder tragen brennende Fackeln in den Händen. Der Feuerschein wirft flackernde, unwirkliche Figuren an die feuchtglänzenden Mauern. Die schwarz vermummten Gäste betreten den mit Pflastersteinen ausgelegten Innenhof der Franziskanerabtei. Die fackeltragenden Mönche treten auf sie zu. „Gelobt sei Jesus Christus."

„In Ewigkeit Amen", erwidern die Gäste.

Daraufhin warten die Mönche, bis die Reiter von ihren Pferden abgestiegen sind, führen dann die Tiere hinweg.

Konstanze sieht sich staunend um. Ringsum ragen die unheimlichen Klostermauern, wie hochaufstrebende Felsen, stumm und zeitlos in den schwarzblauen Nachthimmel. Alles ist für eine Messe zur nächtlichen Stunde in einem der Seitenschiffe der Klosterkirche vorbereitet. Vom Hof aus durchschreiten die Gäste, angeführt von einem fackeltragenden Mönch, eine niedrige Tür. Konstanze befindet sich mit ihnen in einem schier endlosen Gang zur Klosterkirche St. Peter und Paul. Sie weiß nicht, wo sie sich befindet und verspürt ein beklemmendes Gefühl. Sagen darf sie nichts, um sich nicht als junges Mädchen zu verraten. Hoffentlich geht alles gut! Wie leises Pferdegetrappel hallen die Schritte der Besucher durch diesen nicht enden wollenden Gang. Unter ihrem Samtkleid verspürt sie das wärmende Metall ihres mit Rubinen besetzten Kreuzes. Alles wird gut! Sie befindet sich letztlich unter Freunden und Verbündeten ihrer Religion. Nach hundert Schritten, die Konstanze wie eine Ewigkeit vorkamen, öffnet der fackeltragende, graue Mönch eine schmale Tür. Offensichtlich haben die Besucher einen unterirdischen Gang benutzt, um in die Klosterkirche zu gelangen, denn nun befinden sie sich in einem der Seitenschiffe der Kirche. Hier brennen ein paar Kerzen. Das Seitenschiff ist zum riesigen Mittelschiff hin geöffnet, welches in seiner Fläche bequem den Greifswalder Marktplatz aufnehmen könnte. Dunkel, wie eine große schwarze Höhle, liegt der Mittelpunkt des Gotteshauses da. Konstanze schaut nach oben, um die Höhe abzuschätzen zu können. Ihr Blick tastet sich die gotischen Säulen empor, bis er im schwarzen Nichts endet. Wie groß, prächtig und erhaben muss Mittelschiff der Klosterkirche sein, wenn Tageslicht durch die Fenster fällt!

„Alles zur Ehre Gottes. Sieh, wie geheimnisvoll und erhaben der Herr ist. Seine Güte ist so unendlich, dass dein Blick sie nicht erfassen kann", flüstert ihr ein Mönch ins Ohr.

Offensichtlich hat dieser bemerkt, wie ergriffen und staunend Konstanze in der Klosterkirche verharrt. Oder hat er gar ihre verräterisch-weiblichen Kleider unter dem schwarzen Umgang bemerkt?

„Kommt junger Herr oder Spion oder für wen du dich sonst noch ausgeben mögest. Die anderen schauen schon zu uns herüber und wir wollen doch den Herrn, der uns mit seinem Blut erlöst hat, nicht warten lassen..."

Zu Tode erschrocken dreht sich Konstanze um und sieht einem jungen Mönch ins Gesicht. Und dieser scheint, angesichts der Weiblichkeit seines Gegenübers, überhaupt nicht überrascht zu sein. Sie sieht in ein paar freundliche, sanftblickende, braune Augen, die nun allerdings vor Aufregung groß werden.

„Um Himmels Willen, du bist ja tatsächlich ein Mädchen und kein Spion in Mädchenkleidern!"

„Warum sollte ich, wer bist du?"

„Lucellus und du?"

„Konstanze Kreideboom, die Tochter des Kommandanten der Stadtwache."

„Weißt du, dass dir hier als Mädchen die ewige Hölle droht?"

„In einem Kloster?"

„Das hier ist ein Mönchskloster, Konstanze."

„Das hab ich schon bemerkt...", flüstert sie zurück.

Lucellus ist überrascht. Er muss sich mit der rechten Hand den Mund zuhalten, um nicht loszuprusten. Konstanze stimmt nun ihrerseits ein leises Gelächter an. Dabei hält sie krampfhaft ihre Kapuze fest. Beide versuchen ihre gemeinsame Freude aneinander vor den Augen des anderen zu verbergen. Wie abgesprochen halten sie plötzlich inne.

„Still... Die Messe beginnt gleich. Die Ministranten ziehen sich in der Sakristei um", gibt Lucellus flüsternd zu bedenken, „ich muss zu ihnen."

„Was hast du zu tun?" fragt sie leise zurück.

„Ich bin heute einer der Konzelebranten des Guardians, der heute die Messe liest."

„Sehen wir uns wieder, Lucellus?"

„Ja, wenn du zum Empfang der heiligen Speise vor den Altar trittst."

„Verrätst du mich auch nicht?"

Lucellus sieht sie verständnisvoll und mit entschlossenem Blick an: „Niemals!"

Von den anderen unbemerkt, fasst Konstanze Lucellus bei der Hand. Er lässt es, von sich selbst überrascht, geschehen. Erst jetzt zieht er seine Hand aus der ihrigen.

„Du bringst mich durcheinander! Das darf nicht geschehen!"

„Es ist doch schon passiert", sagt sie freundlich, bevor er im Hintergrund des matt erleuchteten Seitenkirchenschiffs verschwindet.

„Wo bleibst du denn! Hat dich jemand gesehen? Niemand außer Gott darf hier dein wahres Gesicht sehen", tadelt sie Vater Kreideboom leise vorwurfsvoll.

„Ich habe mir das Mittelschiff angesehen, Vater. Ich war doch noch nie hier."

„Bleib an meiner Seite, dann geschieht dir auch nichts. Achtung, Kopf nach unten, der Guardian kommt!"

Der Klostervorsteher zieht mit den Konzelebranten und Messdienern in einer langen Reihe vor den Altar, bis sie in einem Halbbogen stehen. Nach einem Zeichen des Zelebranten vollführen alle zum Tabernakel hin eine tiefe Kniebeuge. Die Reihe der Ministranten teilt sich nun und sie versammeln sich rechts und links vom Altar. Vor dem mit Kruzifix, Monstranz und Kerzen bestückten Tisch des Herrn bleibt Simon Kamen alleine stehen. Dann wendet er sich mit seinen Begleitern um. Die anwesenden schwarz vermummten Bürgermeister, Ratsherren, Magister, Kaufleute und reichen Händler beugen die Knie. Simon Kamen bekreuzigt sich, was ebenfalls von allen erwidert wird.

„In nomine Patris et Filii et Spiritus Sancti..."

« In Ewigkeit Amen ! »

Konstanze achtet wie gebannt darauf, was Lucellus macht. Jetzt hält er dem zelebrierenden Klostervorsteher das große Gebetsbuch, aus welchem der Guardian in lateinischer Sprache liest. Sie hat nur noch Augen und Ohren für ihn. Zeit und Raum scheinen für sie nicht mehr zu existieren. Längst hat sie vergessen, wer sie ist und dass sie sich in einer unhaltbaren Situation befindet. Sie, die Tochter des Stadthauptmanns, befindet sich verbotenerweise in einem Mönchskloster und nicht bei den Nonnen! Selbst beim Praefatio, dem Lobpreis Gottes im Wechselgesang, ist sie unaufmerksam. Sie sieht in Lucellus einen Engel und alles um sie herum wirkt unwirklich und fremd. Lautlos, wie in einem Traum, bewegen sich die Konzelebranten und Ministranten vor und neben dem Altar. Die geschwenkten Weihrauchtöpfe verbreiten einen starken, wohlriechenden Qualm. Konstanze ist nicht mehr sie selbst. Und plötzlich weiß sie es: Sie hat sich verbotenerweise in den jungen Mönch Lucellus verliebt! Und sie wird mit ihm aus diesem Kloster, aus dieser Stadt fliehen! Sind die Zeiten nicht im Umbruch begriffen, so dass kein Stein mehr auf dem anderen bleibt? Werden nicht überall im Land die Klöster aufgelöst, Universitäten geschlossen, entstehen neue, noch nie da gewesene, politische Verhältnisse? Wahrlich, es muss ein Wink des Himmels sein! Sie und Lucellus sollen zusammensein, komme, was da wolle! Viele guten Dinge sind zunächst schwer zu bewältigen und machen Mühe. Aber

dafür wird der Einsatz hinterher mit Erfolg be-
lohnt...

„Mysterium fidei. Mortem tuam annuntiámus,
Dómine, et tuam resurrectionem confitémur,
donec vénias…"

Georg Kreideboom bedeutet seiner verhüllten
Tochter energisch, sich zur heiligen Gabenwand-
lung auf den kalten Steinfußboden hinzuknien, so
wie es alle tun.

„Was ist denn mit dir los? Ich denke, du freust
dich hier zu sein!", zischt er sie wütend von der
Seite an, drückt sie mit einer Handbewegung auf
den Fußboden hinunter. „Weiß du, was passiert,
wenn hier irgend jemand mitbekommen, dass du
ein Mädchen bist?"

Ihre Knie plumpsen auf den Boden.

„Aua...!", greint sie empört.

Simon Kamen hebt die Stimme: „... per ómnia
sáecula saeculórum", betet er inbrünstig nach der
Doxologie, der Lobpreisung der Dreifaltigkeit
Gottes.

„Amen."

Am Altar wird nun alles für die Eucharistiefeier
vorbereitet.

„Du bleibst zur Kommunion hier!", ordnet Vater
Georg an. „Ich will kein Risiko eingehen, dass
dich möglicherweise jemand erkennt."

„Nein", widerspricht sie heftig, „ich muss nach
vorne".

„Du bringst uns alle in Teufels Küche!"

„Da sind wir schon..."

„Unverschämtes Weib, welch freche Sünde! Warte, bis wir zuhause sind. Da setzt es Hiebe!"
Georg Kreideboom ist außer sich. Doch Konstanze lässt sich nicht beirren. Lucellus darf als Kon-
zelebrant die durch den Glauben in den Leib des
Herrn Jesus Christus gewandelte Hostie, hier in
Form eines Stück Weißbrots, an die Eucharistie-
teilnehmer austeilen. Konstanze steht auf und geht
forschen Schrittes zu jenem Altarabschnitt, wo
Lucellus die Kommunion vornimmt. Vater Georg
folgt ihr dorthin, wo Simon Kamen den knienden
Abendmahlbesuchern das Brotstück in die geöffnete Hand oder in den geöffneten Mund legt.
Konstanzes Blicke tauchen liebevoll in Lucellus
Augen.
„Corpus Christi", sagt Lucellus und zeigt ihr die
Heilige Speise.
„Amen", erwidert sie und öffnet den Mund. Lucellus zögert einen Moment. Was tun? Sie zurück-
schicken? Sie wie eine Exkommunizierte von der
Eucharistie ausschließen und somit einen Skandal
auslösen, in den er selbst verwickelt ist? Doch
dann legt er ihr die Hostie auf die Zunge und entlässt sie mit einem Kreuzzeichen, welches sie mit
einem Knicks und einer Bekreuzigung ihrerseits
erwidert.
Entsetzt hat Vater Georg durch einen intensiven
Seitenblick alles mitbekommen. Für den prinzi-
pientreuen Katholiken und Kommandanten der
Stadtwache bricht eine Welt zusammen! Was er
hier im Verborgenen mit Ansehen muss, stellt für

ihn alles bisher Erlebte in den Schatten. Wie kann Konstanze dem Mönch derart lustvolle Blicke zuwerfen? Kannten sich die beiden etwa schon vorher? Unglaublich! Der Skandal würde ausreichen, um aus Greifswald ein Tollhaus zu machen! Nein, nein, hier muss unter allen Umständen eine mögliche schamlose Tat verhindert werden!

Die Augen des im Gesicht weiß gewordenen Stadtkommandanten Georg Kreideboom verengen sich zu Schlitzen von Wut und Zorn.

Notfalls muss Gevatter Tod bemüht werden. Natürlich nur für den Mönch, der im Begriff ist Konstanze zu verführen. Doch spätestens seit seiner Profess untersteht der Mönch ausschließlich der geistlichen Gerichtsbarkeit! Die Vertreter der Geistlichkeit würden über sein Verhalten befinden und er, Kreideboom, hätte als Kommandant der Stadtwache keinen Zugriff mehr. Und Konstanze erhält den Befehl, sich in ein Kloster zu begeben. Dort soll sie als Sühne für den Rest ihres Lebens über die verbotene Liebe zu einem Mönch nachdenken...

Georg Kreideboom ist außer sich und unkonzentriert.

Der Zelebrant, Klostervorsteher Simon Kamen, entlässt die Messebesucher mit dem Friedensgruß: „Pax Dómine est semper vobiscum!"

„Et cum spiritu tuo", antworten die in schwarze Umhänge gehüllten Katholiken und bekreuzigen sich mit gesenktem Haupt.

„Ite, missa est, Halleluja!"

„Deo grátias, Halleluja!"

Nach Segen und Entlassung finden sich Simon Kamen und seine ihn begleitenden Konzelebranten und Ministranten vor dem Altar erneut zu einem Halbbogen zusammen. Zu den gregorianischen Gesängen der Mönche vollziehen sie mit dem Gesicht zum Ewigem Licht, neben dem Tabernakel, eine gemeinsame, tiefe Kniebeuge. Dann formieren sie sich zu einem zweireihigen Prozessionszug und schreiten durch das gebildete Menschenspalier der Messbesucher. Das von einem Konzelebranten vorangetragene Kreuz blitzt im Schein der mitgeführten Fackeln auf. Weihrauchschwaden ziehen durch das Kirchenschiff. Lucellus schreitet im Prozessionszug als letzter Mann. Als er an der knienden Konstanze vorbeikommt, lässt er vor ihr ein zusammengefaltetes Papier fallen. Rasch hebt sie die Nachricht auf. Niemand außer ihrem Vater hat es bemerkt. Sie freut sich, ist stolz auf Lucellus Mut! Also bekennt auch er sich zu seiner Liebe zu ihr! Dann faltet sie im Schatten ihres Umhangs das Geschriebene auseinander und liest es hastig durch. Die anderen Gottesdienstteilnehmer sind abgelenkt.

Simon Kamen hat nach dem Ende der Messe die Gäste noch einmal zusammengerufen, um ihnen in deutscher Sprache Mut zum Durchhalten gegen „die neue Ordnung der Ketzer" zuzusprechen: „Wir sind der Fels in der Brandung gegen Unordnung und Chaos. Lasst euch nicht verwirren durch andere Gedanken. Satans gefährlichste Waffe ist die Verkleidung und die Verführung. So hat er mit den Gottlosen und den Ungefestigten leichtes Spiel! Denkt immer daran, der Weg in den Untergang ist eben und führt durch ein weites Tor. Toren und Narren benutzen ihn. Der Weg in die Ewigkeit ist schmal, beschwerlich und führt durch eine unscheinbare Tür. Dieser Weg ist möglicherweise euch bestimmt und seid gewiss, er führt in die vollendete Ewigkeit, wo alle menschlichen Schmerzen beendet sein werden. Und nun geht, geht mit Gott, bis auf ein baldiges Wiedersehen! Der Herr segne euch!"

„In Ewigkeit. Amen!"

Georg Kreideboom, der aufmerksam den Worten des Guardian zugehört hat, bemerkt, dass seine Tochter an seiner Seite verschwunden ist. Auch der letzte Mann des Ministrantenzuges fehlt.

'Sie werden doch nicht etwa...'

Der Kommandant durchforstet mit seinen Blicken die undurchdringliche Dunkelheit des Kirchenschiffes. Da! Gegenüber wird eine kleine Tür geöffnet. Ein matt flackernder Lichtschein fällt für einen Moment in das Hauptschiff der Kirche. Georg Kreideboom entfernt sich auf den Fußspitzen vorsichtig von den anderen Gottesdienstbesuchern und schleicht nun ebenfalls durch das dunkle Mittelschiff. Er orientiert sich am mächtigen Hauptaltar an der Stirnseite, der wie eine aufstrebende schwarze Burg in das Mittelschiff der Klosterkirche hineinragt. Dahinter ertastet er an der kahlen

Wand einen verzierten Bilderrahmen. Seine Augen haben sich mittlerweile an die Dunkelheit gewöhnt. Dennoch kann er das Bild vor sich nicht erkennen. Ein einsam anzutreffendes Gemälde an der Kirchenwand hinter dem Hauptaltar? Das ist seltsam... Vorsichtig bewegt er den Rahmen. Es klackt leise, dann gibt das Bild den Weg zu einem Geheimgang frei! Kühler Modergeruch schlägt ihm entgegen. Um Himmels Willen, wollen die beiden unglücklich Verliebten etwa zur Rubenow-Gruft? Kreideboom zieht sein leichtes Schwert. Hinter der Biegung des schmalen Ganges flackert Licht. Dort geht es entweder hinauf ins Freie oder hinab zum Grab von Heinrich Rubenow, dem 1462 ermordeten Universitätsgründer und Bürgermeister Greifswalds, der hier seine letzte Ruhe gefunden hat. Diese Wahnsinnigen! Der Teufel muss mit ihnen sein! Vorsichtig geht er Schritt für Schritt der Lichtquelle entgegen. Als er um die Ecke späht, erstarrt er: Der Gang führt zum Klosterfriedhof. Die Tür dorthin steht offen und im Türrahmen stehen wie auf einem Gemälde – unsterblich in einem Kuss vereint - Konstanze und Lucellus! Bei der zärtlichen Umarmung des grauen Mönchs ist ihr der schwarze Umhang von den Schultern geglitten. Somit leuchtet ihr dunkelrotes Samtkleid purpurn im zitternden Feuerschein der Fackel. Lucellus hat eine weiße Lilie, eine Rose und eine Tulpe in der Hand.

Der entsetzte Kreideboom erinnert sich rasch der Symbole der Blumen: '...die Lilie der makellosen und unbefleckten Keuschheit, die Rose der Schamhaftigkeit und stillen Schüchternheit, das Veilchen der Bescheidenheit, der Goldlack der Geduld, die Ringelblume der Nächstenliebe, die Hyazinthe der Hoffnung, die Sonnenblume der Kontemplation und die Tulpe der Schönheit und Zierlichkeit...'

Lucellus hat seine Liebeserklärung an Konstanze der Symbolik seiner Blumen anvertraut. Eindeutig geht hier der leidenschaftliche Kuss von Konstanze aus. Sie hat ihn mit ihren zärtlichen Lippen völlig in ihren Bann geschlagen. Steif, unbeweglich und wie von Sinnen sieht Kreideboom diesem verbotenen Liebesschauspiel zu. Sein Kopf dröhnt.

„Konstanze, du Sünderin!!"

Kreidebooms hallender Ruf hätte auch aus der Rubenow-Gruft kommen können, denn die Wirkung ist verheerend. Das Mädchen und Lucellus starren mit weitaufgerissenen Augen in die Dunkelheit.

„Fort! Weg von hier! Nicht, dass uns der tote Rubenow zu sich in die Gruft holt!", keucht Lucellus ängstlich. Konstanze, weiß wie eine Wand, zittert wie Espenlaub.

Doch der dröhnende Ruf Kreidebooms aus dem unterirdischen Gang, hinein in die Stille der Klosterkirche, hat nun auch die anderen Mönche alarmiert. Augenblicklich erstirbt das Gemurmel in der Klosterkirche.

„Rasch, nehmt Fackeln! Zur Gruft!", ordnet Simon Kamen an.

Wie ein aufgeschreckter Hühnerhaufen, in welchen der Fuchs einfällt, stoben die Mönche durch das dunkle Kirchenschiff, öffnen den Geheimgang zur Rubenow-Gruft. Von fern hallen unheimliche Rufe und Gesprächsfetzen durch den Geheimgang.

„Konstanze?!... meine Tochter...?... Ich werde euch... Oh, ihr Unglücklichen....!"

„Nein... Vater, tue es nicht... Ich flehe dich an... Gott ist mein Zeuge... Mach dich nicht unglücklich... !"

„Schluss jetzt!... Du Hexe!... Ich.... dich richten.... mit scharfer Klinge.... Fahr zur Hölle... Seelenheil.... für immer...verloren...!"

„Nein...Hilfe... Oh, mein Gott... oh, großes Unglück..."

Plötzlich ein markerschütternder Aufschrei! Stille. Dann ein noch furchtbarerer schriller und spitzer Schrei! Ein dumpfes Plumpsen! Dann endgültige Stille. Die Mönche bleiben wie angewurzelt stehen. Niemand traut sich weiterzugehen.

„Der letzte Schrei war der eines Engels, oh große Sünde. Unheil wird über dieses Haus kommen!"

„So lauft doch weiter! Wir sind noch nicht da!" befiehlt Simon Kamen. „Bei der Gablung Richtung Friedhof, nicht zur Gruft!"

Erschrocken laufen die Franziskaner mit dem flackernden Licht ihrer Fackeln in den Händen den dunklen Geheimgang entlang. Sie passieren die

Gablung, schlagen die vorgegebene Richtung ein und bleiben wie angewurzelt stehen. Die Fackeln beleuchten ein fürchterliches Blutbad. Die Leiber von Lucellus und Konstanze sind mit einem Schwert mehrmals durchbohrt worden. Sie liegen in einem See von Blut. Ihre toten Augen starren zur niedrigen Decke des Ganges. Ihre Hände haben sich zu einem letzten Abschied zusammengefunden. Oder zum gemeinsamen Weg durch die Tür des Todes in die Ewigkeit? Überall ist Blut. Konstanze liegt unter dem Körper von Lucellus. Auch kam der erste Todesschrei aus seinem Mund. Der Mönch muss sich in den ersten tödlichen Stoß des Schwerts geworfen haben, um Konstanzes Leben zu schützen. Doch vergebens, denn Georg Kreideboom stach wie von Sinnen immer und immer wieder in die jungen Leiber der beiden Verliebten. Die Augen der herbeigeeilten Mönche weiten sich vor Entsetzen und Grauen.

„Das ist Lucellus. Deshalb ist er vorzeitig gegangen!"

„Und das ist ja ein Mädchen! Himmel, wie kommt eine Jungfer in unser Kloster?!"

„Es ist die Tochter unseres Stadtkommandanten, Konstanze Kreideboom", spricht Simon Kamen mit stoischer Ruhe. „Ich kenne ihren Vater gut. Ein guter Katholik und treuer Vertreter unseres Glaubens. Sie hat den jungen Lucellus verhext und verführt. Hat sich unter einem schwarzen Umhang versteckt, um sich unter den Brüdern ein Opfer zu suchen."

„Aber seht doch mal hier?"

Ein Franziskanerbruder hebt die leblose Hand Lucellus': „Die weiße Lilie gibt uns das Zeichen. Er hat sie nicht berührt!"

Doch der alte Simon Kamen reagiert gnädig und mit Nachsicht: „Was wir hier vorfinden, ist eines der größten Unglückseligkeiten, die unseren Konvent heimgesucht haben. Doch...", er hebt den Zeigefinger in die Luft, wie es ein Magister vor seinen Studierenden tut, „wir wissen nicht, was genau vonstatten gegangen ist. Deshalb dürfen wir auch keine voreiligen Schlüsse ziehen. Ich weiß nur, dass Liebe und Vergebung Vorrang haben vor Tod, Sünde und Verbrechen. Gnade soll vor Recht ergehen. So wie es unser Herr Jesus Christus wohl auch gehalten hätte, stünde Er jetzt hier. Ich möchte, dass dieser unglaubliche Vorfall innerhalb unserer Klostermauern verbleibt. Für immer. Auch wenn es diesen Konvent einmal nicht mehr geben sollte. Erzählt unseren Gästen, es habe einen Unfall, einen Ausrutscher, von einem unserer Brüder gegeben, mehr nicht!"

„Und das Mädchen?", fragt aufgeregt der Chronist Lucas dazwischen. „Man wird es suchen!"

„Aber doch nicht bei uns, Lucas."

„Aber, der Stadtkommandant..."

Der alte Klostervorsteher deutet den Gang hinunter, welcher zum Klosterfriedhof führt: „Er wird über die niedrige Friedhofsmauer geflüchtet sein. Und dann weiter aus der Stadt."

Erneut schweigt der Guardian, so, als wolle er, dass sich seine Worte bei den Mitbrüdern für immer einprägen: „Hier ist er nie gewesen....!"

Am 16. März 1557 verlässt der letzte Mönch das Graue Kloster.
Weder in den Chroniken des Grauen Klosters noch in denen der Stadt Greifswald wurde dieses Ereignis mit einer Silbe erwähnt.

5. Kapitel – Greifswald 1798

Tränen laufen wie kleine Rinnsale über Caspar David Friedrichs Gesicht. Von der Geschichte tief angerührt verbirgt er seine Augen vor dem alten Mann, indem er seine Hände vors Gesicht hält. Doch der geheimnisvolle Unbekannte scheint damit gerechnet zu haben. Wie ein väterlicher Freund legt er ihm die Hand auf die Schulter. Doch Friedrich spürt sie überhaupt nicht, obwohl sie schwer und fest auf seiner Schulter liegt. Steht vor ihm ein Geist? Jemand der nur scheinbar, aber nicht wirklich anwesend ist? Wer ist nur dieser Mann?

„Ich kenne das Gefühl des Mitleids, des Mitgefühls. Es ist ein alles entscheidendes Gefühl, das uns Menschen wie Menschen leben lässt. Nichts anderes unterscheidet uns so sehr vom Tier als die Fähigkeit von Mitgefühl und Mitleid."

Friedrich nimmt die Hände herunter: „Wer bist du?", fragt er.

Ihm ist unheimlich zumute. Dieser Mann kennt seine tiefsten Empfindungen so wie kein anderer.

„Ich bin nur ein Wanderer. Jemand der dort ist, wo er gebraucht wird."

„Sie haben sich verkleidet und sind in Wirklichkeit ein Professor an unserer Universität, hab ich Recht?"

„Ich bin das, was du aus mir machst, Caspar David Friedrich. Wenn du meinst, ich sei ein Professor, dann bin ich's auch. Wenn du sagst, ich hätte gelogen, so bin ich in deinen Augen ein Lügner."

„Schön, alter Mann, dann gehen wir jetzt in ein Wirtshaus und dort sagst du mir deinen Namen und was du hier in Greifswald tust, ja?"

„Wie du willst. Ich habe Zeit. Du hast sie nicht, denn du musst malen. Dein ganzes Leben lang wirst du malen müssen, bis dir der Tod den Pinsel aus der Hand nimmt. Schau, die Sonne geht bald unter. Willst du sie nicht sehen, Maler Friedrich?"

„Nicht bevor ich deinen Namen weiß."

„Schön, dann lass uns zurück zur Saline gehen."

Caspar David schaut den Fremden erneut verblüfft an. Steht da sein heimliches Ich vor ihm?

Er und der geheimnisvolle Unbekannte verlassen die 1787 angelegten und bepflanzten Wallanlagen, die wie ein grüner Gürtel die Stadt umschließen. Von hier aus genießt man einen ruhigen Blick auf die Wiesen und Felder der Vetten- und Fleischervorstadt.

Sie gehen in Richtung Marktplatz zurück. Als Caspar David und dieser leicht humpelnde Landstreicher das Steinbecker Tor passieren wollen, müssen sie einem mit Fässern beladenen Pferdefuhrwerk ausweichen. Im Hafen haben sich mittlerweile viele Segelschiffe eingefunden. Ein paar Studenten, die für einen Umtrunk mit ihren Kommilitonen in den Schenken der Stadt kein Geld mehr haben, stehen am Hafenkai und teilen sich einen Krug Bier. Kinder in abgetragener und geänderter Erwachsenenkleidung spielen Fangen.

Sie gehören zur ärmeren Bevölkerungsschicht der Handwerker, die am Hafen und am Stadtrand wohnen. Weiter unten Richtung Wieck, am Fangenturm, lagern Stapel aufgetürmter Holzstämme. Morgen werden sie auf Pferdekarren zu den Tischlern in die Stadt gebracht.

Der Fremde scheint ein Ziel zu haben. Trotz seiner leichten Gehbehinderung schreitet er forsch über die Ryckbrücke, raus aus der Stadt. Sie nähern sich den Salzbrunnen, dem Siedehaus und den drei Gradierwerken, wo das gewonnene Salz aus den Salzbrunnen durch Abdunstung konzentriert wird.

Das größte Salzgebiet ist das Rosenthal auf der anderen Seite des Bruck, welches, vom Ryck umflossen, wie eine Halbinsel zwischen Rosenthal und Greifswald liegt.

„Hier werden mehr als 26 große Fässer Salz in einer Woche gekocht, sagt mein Vater Adolph Gottlieb", berichtet Caspar David stolz dem Fremden. Doch der scheint sich dafür nicht zu interessieren. Er schreitet weiter geradeaus, so als wolle er zu Fuß nach Stralsund gehen. Sie müssen einem entgegenkommenden offenen Zweispänner ausweichen, in welchem ein Vater mit seiner jungen Tochter sitzt. Dieser ist nicht besonders elegant gekleidet. Seine Tochter jedoch, ein hübsches Frauenzimmer, hat heute die Ausgehkleidung wohlhabender Töchter an. Den Kopf bedeckt ein Strohhut mit Veilchen und Seidenband. Die schwarzen Locken quellen ungebändigt darunter hervor. Ihr Kleid aus feinem Musselin mit einem tiefen, runden Ausschnitt wirkt durch ein enges Mieder figurbetont. Ein vor unverschämten Blicken bestimmter Herren schützendes Ausgehtuch hat sie lässig über die Schulter geworfen. Ihre Augen blitzen.

'Ihre Wangen sind gerötet. Sie ist vor Freude und Lust erhitzt', denkt Caspar David.

„He, du, fang auf!", ruft sie ihm im Vorüberfahren zu. Dieser reißt instinktiv die offenen Hände hoch und findet darin einen ihm zugeworfenen Apfel.

„Guten Appetit!", ruft sie lachend und schon ist die leichte Karosse weitergefahren.

'Temperamentvolles Frauzimmer', befindet Caspar David und steht noch eine ganze Weile nachdenklich und stumm am Wegesrand, den Apfel betrachtend. Erst nach einer langen Denkpause beißt er in die Frucht und setzt dann den Weg fort. Sie gehen den breiten Weg in Richtung Stralsund, der auch als Kuhtreiberstraße genutzt wird, weiter. Nun gelangen er und der geheimnisvolle Landstreicher an den Wollgraben. Dieser durchtrennt, wie andere Gräben auch, die Wiesen nördlich von Greifswald. Ein Knüppeldamm führt darüber. Jetzt sind sie schon ein ganzes Stück von Greifswald entfernt. Die Stadt erscheint rückblickend majestätisch und anmutig, die Kirchtürme hoch und mächtig. Hinter dem Rosenthal, auf der anderen Seite des Ryck, führt ein schmaler Weg in Richtung Wieck.

„Hier entlang!", bestimmt der Fremde und sie laufen den Weg weiter, bis die geduckten Häuser von Greifswald, mit der Saline davor, im Detail nicht mehr zu erkennen sind. Wie Zeigefinger, die zum Himmel weisen, streben die Türme der drei Hauptkirchen nach oben.

„Nicht zurückschauen, noch nicht umdrehen", sagt der Alte.

„Es wird bald dunkel", gibt Caspar David zu bedenken.

„Unsinn, soweit ist es noch nicht, sonst hättest du nicht die geröteten Wangen des Mädchens gesehen", erwidert der Begleiter, was Caspar David wiederum erschaudern lässt. Schließlich sind sie gut zwei Meilen von Greifswald in nordöstlicher Richtung entfernt.

„Bleib stehen! Jetzt kannst du zurückschauen und danke dem Herrn für das, was du nun siehst!"

Caspar David bleibt stehen, dreht sich um und erstarrt vor Freude.

Greifswald erstrahlt in der frühabendlichen Sonne in all seiner Pracht wie das himmlische Jerusalem der Bibel. Die Stadt mit den anmutigen Häusern, mit den Bäumen der Wallanlagen dazwischen, nimmt er nur schemenhaft wahr. Erhaben, wie sanft gezeichnete Säulen, grüßen die Kirchtürme von Ferne. Der Ryck und davor die Gräben der Salzwiesen, die wie ein ausgebreiteter, grüner Teppich vor ihm liegen, blinken in der gelbrötlichen Abendsonne. Friedlich laufen ein paar Pferde über das Gras, dort, wo sie einen ungefährdeten

Auslauf gefunden haben. Greifswald zeigt sich unwirklich und fremd. Die Stadt scheint vom Himmel herabgestiegen zu sein. Ihre Umrisse, vom Abenddunst zart verschleiert, präsentiert sich wie eine Verbindung zwischen Himmel und Erde. Wie ein goldenes Geschenk auf einer grünen Scheibe, so flimmert Caspar Davids Heimatstadt in seinen Augen. Und er ist überwältigt. Erneut kann er nur mit Mühe die Tränen zurückhalten: „Oh, glückseliger Fremder, ich habe mich entschieden! Ich will den Menschen das zurückgeben, was der Herrgott mir geschenkt hat und was ich bislang nicht wahrhaben wollte. Ihr habt mich erst darauf gestoßen: meine Berufung als Maler! Ich danke Euch von Herzen. Ich habe durch Euch verstanden, wer und was ich bin. Freund, ich möchte Euch aufrichtig versichern, dass ich..." Caspar David schaut sich um. Der geheimnisvolle Fremde ist wie vom Erdboden verschluckt. Und er sollte ihn niemals wiedersehen...

(Das hier von ihm empfundene Ölbild „Wiesen bei Greifswald", wird mit der Stimmung einer anderen Tageszeit erst 1820/22 entstehen.)

Schweigsam steht er noch eine ganze Weile im beginnenden Sonnenuntergang, dann geht er langsam und in sich gekehrt nach Greifswald zurück.

Dass der junge Caspar David still und ohne ein Wort zu reden daheim ankommt, ist die Familie schon gewöhnt. Im Treppensteigen, hinauf zu seinem Zimmer unter dem Dach, entledigt er sich seines Gehrocks mit hohem Kragen und breiten Revers.

Den großen Schweiger nennen sie ihn halb spöttisch, halb ehrfurchtsvoll, denn alle wissen, dass Caspar David das tagsüber Gesehene bisweilen unter großen Kraftanstrengungen innerlich verarbeiten und umsetzen muss. Sein wacher Geist ist einfach zu sensibel, um Alltäglichkeiten einfach so vergessen zu können. In allen Beobachtungen sieht er einen tieferen Sinn, versucht das Geheimnis Gottes in der Natur zu ergründen. Und die Nuancen seiner Empfindungsmöglichkeiten sind unvergleichlich. Aus dem Nichts versucht er die Welt zu begreifen. In einer Regenpfütze sieht er den facettenreichen Wolkenhimmel und begreift die Widerspiegelung der Sonne in einer Fensterscheibe als den Abglanz göttlicher Gedanken auf das menschliche Werk.

'Gott ist wie die Sonne. Er ist groß und erhaben, wie die Sonne im Zenit des Mittags. Wir können Gott erst sehen und begreifen, wenn Er sich zu uns Menschen neigt. Erst am Abend, wenn der Himmel die Erde berührt, können wir in die Sonne sehen, ohne davon blind zu werden. Welche Gnade, welch gewaltige, milde Tat des Schöpfers seinen Geschöpfen gegenüber. Wir sind es Ihm wert, dass Er zu uns niedersteigt. Dass Er sich voll Gnade zu uns herablässt, obwohl wir sündigen Kreaturen es nicht verdient hätten.'

Nun sitzt Caspar David im einfachen Leinenhemd an seinem Tisch in der Dachkammer. Zwei halbheruntergebrannte Kerzen spenden flackernd Licht. Er zeichnet. Diese Tätigkeit beruhigt ihn, sorgt nach der Aufregung des Tages für ein inneres Gleichgewicht. Das Geschehene zieht nochmals wie ein farbintensives Ölbild vor seinem geistigen Auge vorbei. Unglaublich, was er heute alles gesehen und gehört hat: die wunderbare Morgenstimmung am Hafen, der seltsamgeheimnisvolle Fremde mit seiner unerhörten Geschichte eines vergessenen Mordes vor Hunderten von Jahren im Grauen Kloster, das vor Liebeslust und Lebensfreude sprühende Frauenzimmer im Zweispänner und der herrliche Anblick von Greifswalds Wiesen am beginnenden Abend. An Eindrücken und Empfindungen gesättigt und mit Gedanken übervoll, verspürt Caspar David schwere Müdigkeit. Der Hunger meldet sich. Caspar David hat keine Lust, deshalb das Zimmer zu verlassen, um sich unten in der Küche aus dem Korb einen Kanten Brot zu nehmen, den er mit Butter aus dem Butterfass dick bestreichen könnte. Er sieht sich um. In der Ecke neben der niedrigen Tür steht eine Kommode mit sanft geschwungenen Beinen. Darauf, auf einem Holzteller, ein Kanten Brot. Er hatte ihn heute Morgen nach dem Frühstück gedankenversunken hier liegen lassen. Friedrich beißt herzhaft hinein und trinkt dazu aus einem Tonkrug einen großen Schluck Trinkwasser. Dann entkleidet er sich, zieht das Leinennachthemd über, löscht die Kerzen und geht erschöpft zu Bett.

Doch plötzlich, mitten in der Nacht, wacht er erschrocken auf! Draußen hat sich ein Sturm erhoben. Der Wind jault und pfeift durch die stillen Straßen der alterwürdigen Universitätsstadt. Er rüttelt an den Dachziegeln und bringt das Gebälk zum Knirschen. Friedrich starrt, die Hände hinter dem Kopf verschränkt, horchend in die Dunkelheit. Da taucht vor seinem geistigen Auge noch einmal jener unheilvolle Mord im Grauen Kloster aus dem Jahre 1557 auf: Ein Greifswalder Kommandant der hiesigen Stadtwache erstach nach dem Besuch einer heimlich stattgefundenen Messe im damaligen Franziskanerkloster in rasender Eifersucht und aus verletztem Ehrgefühl seine Tochter! Diese hatte, verbotenerweise und wie alle anderen Gottesdienstbesucher vermummt, die katholische Messe besucht. Sie war von einem Mönch entdeckt worden, der sie aber nicht verriet. Später, während der Messe, verliebte sie sich zu allem Unglück in ihn. Wie unter einem heimlichen Fluch stehend flüchteten die beiden unglücklich ineinander Verliebten in einen unterirdischen Gang, wo es in der Nähe der Rubenow-Gruft zu einem verbotenen, leidenschaftlichen Kuss kam. Der Mönch jedoch konnte vor der Entdeckung ihrer verbotenen Liebe durch den Vater des Mädchens vom nahegelegenen Klosterfriedhof jene Symbolblumen holen, die ihre Liebe als rein und sauber darstellten. Dann geschah der unheilvolle Mord an den beiden Verliebten. Der Mörder, Konstanzes Vater, konnte unerkannt über die

Klosterfriedhofsmauer entkommen und ward seitdem nie mehr gesehen...

Mitleidsvoll stöhnt Caspar David leise auf. Immer und immer wieder taucht vor ihm das Bild des durchbohrten und sterbenden Mönches mit der weißen Lilie in der Hand auf. Ihm ist es letztlich unwichtig, wann und woher der verliebte Mönch die Lilie erhielt. Die Aufrichtigkeit und Reinheit der kurzen Liebe von Konstanze und Lucellus sind das Eigentliche, was ihn interessiert. Eine Liebe, die hier auf Erden nur für Minuten bestand und die deshalb in keiner Chronik, in keinen Schriften niedergeschrieben wurde. Eine Liebe, die nicht war sein durfte, weil sie so unschuldig und vollkommen war. Ein Stück gefühlte Ewigkeit hier auf Erden.

Caspar Davids Augen brennen. Wie zumeist wird er auch diese Nacht nicht aus Müdigkeit, sondern infolge innerer Erschöpfung seinen Schlaf finden. Plötzlich ist ihm, als sei er innerlich über ein Schwelle gesprungen. Die damaligen Ereignisse stehen klar und einfach vor ihm. Er bräuchte sie nur noch aufs Papier oder die Leinwand zu bannen. Jetzt darf er nicht mehr zögern! Er richtet sich auf. Seine Blicke durchbohren das Schwarz der ihn umgebenden Dunkelheit.

Unheimlich heult der Sturm ums Haus. Der unsichtbare Geist prallt mit aller Macht gegen die unüberwindbaren Mauern der Nikolaikirche, kehrt dann geschlagen, aber rachedurstig zum

Friedrichschen Haus zurück, um hier seinen unheimlichen Spuk fortzusetzen.

Mit einem Mal steht ein Bild vor Caspar Davids geistigem Auge. Deutlich und klar. Und diesmal ist es keine lavierte Sepiazeichnung, sondern ein Ölbild! Er hat aber noch nie mit Öl gearbeitet. Sicher, in Kopenhagen hat er den dortigen Meistern wieder und wieder über die Schulter geguckt, doch er besuchte die Freihandzeichenklasse, die Gipsklasse und die Modellklasse. Aber ein Maler, der nicht in Öl malt? Dieser wäre wie ein Bauer ohne Pflug. Und er, Caspar David Friedrich, kann es. Er spürt die Szene deutlich: Nach dem Kuss zwischen Konstanze Kreideboom und Lucellus trifft diesen der tödliche Stoß von Vater Georgs Schwert durch den Rücken ins Herz. Als Zeichen seiner und Konstanzes Unschuld hebt der Sterbende die Symbolblumen mit der weißen Lilie zu seiner Geliebten empor. Konstanze wird nicht mehr dazu kommen die Lilie anzunehmen, denn ein weiterer furchtbarer Todesstoß des Vaters durchbohrt ihren Hals. Aus der durchtrennten Schlagader spritz ihr Blut hervor und vermengt sich mit dem ihres Geliebten. Demnach wird das Ölbild „Der Mord am verliebten Mönch anno 1557 zu Greifswald" heißen! Entschlossen verlässt Caspar David das Bett und entzündet die Kerzen auf seinem Tisch. Im Heulen des Windes, der wie ein hungriger Wolf ums Haus jagt, und im flackernden Kerzenschein bringt er mit übermüdeten, aber leuchtenden Augen, und mit vor Begeisterung zitternder Hand, die Skizzen zu seinem ersten Ölbild aufs Papier.

Als der Morgen graut, liegt er erschöpft schlafend mit dem Oberkörper auf dem Tisch; daneben Skizzen und Zeichnungen zu seinem ersten Ölbild!

Die Geschäfte und Stuben der Handwerker befinden sich nicht in unmittelbarer Umgebung zum Greifswalder Marktplatz. Den umschließen gotische Giebelhäuser, die Behausungen reicher und angesehener Bürger. An der Ostseite stehen vor den Giebeln eine Reihe junger Bäume. Ihre biegsamen Stämme haben den nächtlichen Sturm unbeschadet überstanden. Caspar David hat heute Morgen jedoch keinen Blick für das abwechslungsreiche Treiben auf dem Markt. Zielbewusst geht er die Lange Straße bis zum Schuhhagen hinunter. Je näher er am Ende der Straße dem dortigen Mühlentor kommt, desto kleiner und unscheinbarer werden die niedrigen Häuser. Das Mühlentor hat einen runden Torbogen. Es ist kleiner und schmaler als das Steinbecker Tor. Dafür sieht es aber ländlicher und anmutiger aus. Die Straße hat sich mittlerweile von einem Pflastersteinweg in eine Sandstraße gewandelt. Durch das Mühlentor hindurch schreitet man den grünen Wiesen und Feldern, südöstlich von Greifswald entgegen. Und die breite Sandstraße durch das Mühlentor führt später am Koitenhagener Brunnenhaus vorbei hinüber nach Anklam.

Kurz vor dem Mühlentor, auf der linken Seite des Schuhhagen, betritt Caspar David eine Schneiderwerkstatt mit Ladengeschäft. Die Ladenglocke schellt. Er tritt ein und sieht sich um. Schneiderutensilien wie Stoffballen, Wollknäuel, Elle, Schneidermaß, Ankleidepuppen und Scheren verschiedener Größen liegen bzw. stehen herum. Stoff für eine Leinwand kann er beim Schneider, möglicherweise aber auch beim Schuster kaufen. Gut betuchte Künstler, beispielsweise in den großen Städten, suchen dort besondere Werkstätten und Läden auf, die ausschließlich Zubehör für das Malerkunsthandwerk führen.

Dem Schneidermeister ist während seiner Steckarbeit an einem Kleid auf einer Anziehpuppe die Perücke ins Gesicht gerutscht. Infolgedessen kann er von Friedrich zunächst keine Notiz nehmen. Schließlich bemerkt er sein Ungemach, greift sich an den Kopf, nimmt die Perücke herunter und schleudert die unbequeme Kopfbedeckung in eine Ecke seines Geschäfts.

„Blöder Fürstenzopf!", flucht er.

Die gepuderte Perücke, in Frankreich mit der Revolution von 1789 als Aushängeschild des dekadenten Adels abgeschafft und nur noch selten getragen, lässt sich in den territorialen Nischen Europas nur langsam verdrängen. Insbesondere in den deutschen Kleinstaaten bleiben die Perücken, zumindest in Militär und Beamtentum, zunächst unangetastet. Das sollte sich erst Jahre später

1812/1813 mit den Napoleonischen Befreiungskriegen ändern.

Ob Caspar David hier im richtigen Laden ist? Überall sieht er halbfertig zugeschnittene Stoffe. In einer Ecke liegen Uniformen und Decken.

„Was will er?", fragt der Schneider ungeduldig, ohne den Kopf zu heben.

„Leinwand, feingewoben, nicht zu derb."

Nun blickt der Schneidermeister auf. Friedrich glaubt ihn irgendwo und irgendwann schon einmal gesehen zu haben. Aber wo?

„Soll ich ihm ein Arbeitshemd schneidern?"

„Nein, ich will den Stoff spannen, grundieren und dann ein Bild darauf malen."

„Ach du meine Güte", der Schneider sieht sich um, ringt dann unglücklich die Hände. „Gerade hat ein seltsamer Mann einen ganzen Ballen gekauft. Weiß der Kuckuck, was er mit so viel Leinwand wollte."

Aus dem Hintergrund tritt nun ein junges Mädchen in den unordentlichen Verkaufsladen. Sie scheint gerade erst aus dem Bett gekommen zu sein. Ihre Haare hängen zwar ungebürstet, aber jugendlich glänzend über die Schultern. Ob ihr fast durchsichtiges Kleid die Tages- oder aber die Nachtbekleidung darstellen soll, ist schwer abzuschätzen. In der Hand hält sie einen Apfel. Ihre strahlend blauen Augen blitzen vergnügt und kampfeslustig, als sie den jungen Caspar David erblicken. Nun erkennt auch er sie. Es ist jenes Frauenzimmer, welches ihm gestern vom Zweispänner aus mit einer munteren Aufforderung einen Apfel zugeworfen hat. Demzufolge ist der überforderte Schneider hier ihr Vater.

„Sag mal, Luise, weißt du nicht, wo ich den Rest Leinwand haben könnte?", fragt der Vater seine hübsche Tochter. „Der junge Maler hier möchte ein Stück erwerben. Ich kann aber nicht suchen, weil ich... aua, zum Teufel noch mal...", er hat sich mit einer Nadel gestochen und nimmt nun die Fingerkuppe zur Schmerzlinderung in den Mund, „.... dieses Kleid für die Frau von Bürgermeister Roggenbau noch fertig abstecken muss..."

Das Mädchen grinst vergnügt, blinkert Friedrich dann bedeutungsvoll mit den Augen zu: „Hinten, neben meiner Schlafkammer, liegt noch Leinwand."

„Braucht er denn viel?", fragt der Schneider Caspar David.

„Je zwei Ellen Seitenlänge würde mir schon reichen."

Der Schneider kümmert sich immer noch um seinen verletzten Finger. Doch die Zeit der Fertigstellung des Kleids für Frau Roggenbau drängt.

„Ach, weiß der Kuckuck, dann geh' er mit der Luise nach hinten und lasse er sich von ihr ein dementsprechendes Stück abmessen und abschneiden. Ich hab zu tun."

„Darauf, lieber Vater, kannst du dich verlassen", seufzt Luise genüsslich. Entschlossen nimmt sie den verdatterten Malerjüngling bei der Hand und zieht ihn in den hinteren Teil des Hauses. Dort, neben ihrer Schlafkammer, umarmt sie Caspar David mit ungestümer Zärtlichkeit. Dann reißt sie ihm den Gehrock hinunter, nimmt die Arme hoch und zieht sich mit der elegant-weiblichen Armbewegung des Entkleidens das Kleid über den Kopf.

„Ja, aber...", Friedrich ist sprachlos und überrascht. „Ich wollte doch ein Stück Leinwand kaufen..."

„Später..."

Daraufhin schiebt sie Friedrich in ihr Schlafgemach, zwingt ihn sanft auf ihr Bett und legt sich nackt auf ihn. Einen Augeblick später meint Caspar David eine wahrhaft wunderschöne Landschaft zu sehen...

Als Caspar David einige Zeit später im Arbeitsraum des Schneiders auftaucht, um den Stoff zu bezahlen, fragt der Schneider, ob dieser heute denn noch nicht bemerkt habe, dass seine Hose schlecht sitze...

Und plötzlich beginnt er wieder heftig an seiner Fingerkuppe zu lutschen: „Beim Henker und allem, was mir heilig ist oder war, verdammt, ich hab's gewusst... dieser elende Kleiderfetzen...."

Draußen atmet Caspar David tief durch. Er fühlt sich seltsam beschwingt, freundlich und selbstsicher. Ein hektischer Schneider mit seiner liebestollen Tochter? Für Greifswald eine nicht allzu oft vorkommende Mischung!

Nun will er bei einem Tischler einen passenden Keilrahmen für die Leinwand kaufen.

'Was mache ich nur bei der Anwesenheit einer Tischlertochter?'

Caspar David verzichtet darauf, einen Umweg über die frisch angelegten Wallanlagen zu gehen, obwohl das Frühlingswetter ihn dazu einlädt. Er möchte so rasch wie möglich mit der Arbeit an seinem Ölbild beginnen. Und so überhört und übersieht er so manchen Gruß lieber Freunde während seines Gangs die Lange Straße hinauf. In seinem Kopf komponiert er bereits sein Bild „Der Mord am verliebten Mönch anno 1517 zu Greifswald". Soll er das Verbrechen in jenem unterirdischen Gewölbe des Grauen Klosters darstellen? Oder doch lieber die Szene in eine von ihm gestaltete Natur verlegen? Warum nicht? Die mörderische Szene des Entdeckens der Liebesbeziehung zwischen Konstanze Kreideboom und Lucellus auf einer Waldlichtung durch Vater Georg! Und die unbestechliche Natur wird Zeuge dieser Ungeheuerlichkeit! Er sieht einen blutgetränkten Rasen, nein, eine Waldlichtung. Darüber ein aufkommender Sturm, der sich in den geneigten Wipfeln der Bäume ankündigt. Und darüber wiederum ein alles versöhnender glutroter Abendhimmel. Die Versöhnung, die Harmonie, das Gleichgewicht, welches nur die Natur herstellen kann, behält das letzte Wort!

Caspar David hat es plötzlich sehr eilig. Die zusammengerollte Leinwand unter dem Arm geklemmt, beginnt er zu laufen.

„Gruß an den Vater!", ruft ihm eine Stimme nach, als er die Brüggstraße hinunter den Weg zum Hafen einschlägt.

„Ja... ja, ...ich bestell 's...!", ruft er zurück.

An der Marienkirche vorbei ist es zum Fangenturm nicht mehr weit. Sein Vater kennt hier einen alten Tischlermeister.

„Ein Meister seiner Hände Arbeit", hatte ihm Gottlieb Adolf gesagt. „Er wohnt am Hafen, weil er dort am besten sehen kann, was für Holz gelagert und umgeschlagen wird."

Caspar David erreicht keuchend den Hafen. Gerade haben am Kai zwei Segelschiffe mit frischem Holz festgemacht. Er läuft das kurze Stück bis zum Fangenturm am Ufer entlang. Hier muss er sich rasch ducken, um nicht von einem umherfliegenden Seil mit einem Haken daran, welches ein Matrose einem Hafenarbeiter zuwirft, getroffen zu werden.

„Mensch, Jung'! Pass up! Krägst noch 'ne dicke Rübe!", ruft ihm der Hafenarbeiter in dem grobmaschigen Leinenhemd zu. Der Laufende dreht sich halb um und winkt beschwichtigend, aber hektisch zurück.

Der Hafen ist städtisches Eigentum. Die Aufsicht über den Hafenbetrieb führen seit dem Bürgervertrag von 1623 zwei ausgewählte Kaufleute, die „Administratoren beim Bollwerk". Sie beaufsichtigen die Bollwerkskasse und führen über die Einnahmen, die Bollwerksgelder, und über die Ausgaben Buch. Die sogenannten Bollwerksgelder müssen die Schiffer bzw. die Befrachter zum Unterhalt der Uferbefestigung, zahlen.

Friedrich fiebert ungeduldig seinem zukünftigen Keilrahmen mit der darauf befestigten Leinwand entgegen.

Der alte Tischler in der Nähe des Fangenturms hat schon lange keine Gesellen mehr. Nur zeitweise fertigt er auf Wunsch begüterter Greifswalder Bürger kunstvoll gehobelte und geschnitzte Kommoden an. Mit seiner ebenfalls betagten Frau wohnt er in einem kleinen Fachwerkhaus, innerhalb der Stadt, unweit des Fangenturms.

Der Fangenturm, der letzte mittelalterliche Wehrturm der Stadt, steht am Nordostende des Hafens wie ein stummer Zeuge aus alter Vergangenheit.

Caspar David findet rasch das niedrige Haus des Tischlers und trifft auch diesen bei einer Arbeit an. Der Alte befestigt gerade kunstvoll gestaltete Beschläge an einer meisterhaft gefertigten Kommode.

Sie ist mit Einlegearbeiten aus Mahagoni und Purpurholz auf dunkler Eiche verziert. Wahrscheinlich wird das gute Stück demnächst im Empfangsraum eines reichen Handelskaufmanns stehen, wenn nicht gar im Rathaus der Stadt.

Der schwedische Einwanderer, Tischlermeister Henning Thorwaldson, blickt kurz auf, als Friedrich den kleinen Hinterhof betritt, wo er seine kleine Werkstatt betreibt. Ein kurzes Lächeln huscht über das Gesicht des Meisters.

„Bin gleich soweit...", quetscht er hervor, während er einen gehärteten Nagel zur Befestigung der Beschläge mit wuchtigen Hammerschlägen in die Kommode treibt.

„Das Licht hier draußen ist besser zum Werkeln", sagt er fast entschuldigend, als Friedrichs Augen ihn stumm fragen, weshalb er die kostbare Kommode hierher in den Hinterhof geschleppt hat. „Das wirst du, als künftiger Maler, doch verstehen, oder?"

„Ihr habt ein Wunderwerk geschaffen, Meister Thorwaldson, ich bewundere Euch", gibt Caspar David unumwunden zu.

Doch der alte Tischlermeister winkt ab: „Jeder tut, was er kann."

Und klopp, klopp, schlägt er weiter die Kunstnägel in die vorbereiteten Löcher. Trotz der Schnitzarbeiten und der kunstvoll gestalteten Belege wirkt die Kommode einfach und schlicht. Ihre Linien sind klar und eindeutig.

Die Lieblingszeitepoche des Adels, das verspielte Rokoko, neigt sich nun auch in der Innenausstattung zweifelsohne dem Ende zu.

Schließlich ist er fertig und wendet sich Caspar David zu. Dieser braucht gar nicht viel zu reden, denn der Meister ahnt, was der junge Maler von ihm will: „Eine auf einen Keilrahmen gespannte Leinwand, stimmt's?"

Caspar David nickt freudig mit dem Kopf.

„Mach' ich dir doch gleich. Setz dich nur solange hierher in die Sonne. Meine Enkelin Ulrike leistet dir einstweilen Gesellschaft."

Friedrich stöhnt leise auf. Nicht schon wieder... Eigentlich hat er von der Liebenswürdigkeit junger Frauenzimmer für den heutigen Tag genug. Doch Thorwaldsons Enkelin ist aus anderem Holz geschnitzt. Im Gegensatz zur Schneidertochter von heute morgen trägt sie ein undurchsichtiges, bis zum Hals geschlossenes Kleid, dazu die Golzen einer Dienstmagd und eine Arbeitsschürze um die schlanken Hüften. Hübsch ist sie trotzdem. Dem nordischen Blut ihres schwedischen Großvaters geschuldet, umrahmt die strahlend blauen Augen eine blonde Lockenpracht.

„Ich habe dich bei deiner Arbeit gestört", entschuldigt sich Caspar David, „das tut man nicht. Arbeit und Ruhe sind heilige Elemente und sollten konzentriert angegangen werden."

Angesichts dieser philosophischen Ausdeutung ihres Kommens nickt Ulrike amüsiert: „Nun, ich habe beides gerne, auch wenn es keine heiligen Elemente wären."

„Du hilfst hier deinem Großvater bei der Arbeit?"

„Du siehst doch, der Alte schindet sich kaputt. Und dann kommen die Auftraggeber und sehen nur ein Stück bearbeitetes Holz, mehr nicht. Manchmal kann er nach der Arbeit drei Tage lang nicht mehr aufrecht laufen", erklärt sie und eine liebenswürdig-strenge Falte hat sich senkrecht über ihrer Nasenwurzel gebildet.

Caspar David fasst Vertrauen zu Thorwaldsons Enkelin Ulrike. Er berichtet ihr kurz und knapp, wozu er die gespannte Leinwand benötigt und was er darauf malen möchte. Ulrike zeigt mit großen Augen ehrliches Interesse. Als sie vom Mord Georg Kreidebooms an seiner Tochter und Lucellus erfährt, schreit sie leise auf und schlägt erschrocken die rechte Handfläche vor ihren geöffneten Mund.

„Das ist ja fürchterlich! Diese Stadt ist verflucht, wenn sich in ihren Mauern solch ein entsetzliches Geheimnis verbirgt!"

„Deshalb will ich es ja auch aufmalen. Sozusagen als geschichtliches Zeitdokument."

„Das musst du unbedingt tun, Caspar David! Komm, ich besorge dir das Leimpulver, welches du für die Grundierung und als Farbgrundlage brauchst."

„Das kann ich mir auch vom Vater daheim besorgen", versucht er ihre Hilfe abzuwehren.

„Unsinn! Überleg doch mal. Ich denke, das Bild soll heimlich gemalt werden. Schau, ich habe alles schon da. Als wenn ich gewusst hätte, dass du heute kommst. Sogar eine tragbare Staffelei, die du zusammenlegen kannst, habe ich", sie streckt die geöffneten Handflächen nach außen und dreht elegant eine Seite ihrer Hüfte, „tja, es ist an alles gedacht."

„Da könnte man glatt an eine göttliche Fügung denken", erwidert Caspar David nachdenklich.

„Das will ich meinen! Zufälle gibt es doch gar nicht, oder?"

Nun betritt Henning Thorwaldson den kleinen Hinterhof seiner Behausung. In der Hand hält er die auf einen Keilrahmen gespannte Leinwand: „Fertig und war gar nicht so schwer. Die Leinwand wird sich gut bearbeiten lassen. Der Stoff ist hervorragend. Jemand hat dir ein gutes Stück besorgt."

„Wenigstens das...", murmelt Friedrich leise und denkt an seinen Besuch beim Schneider.

Meister Thorwaldson nimmt erst nach langer Abwehr die Bezahlung seiner Arbeit entgegen. Dann bittet er Caspar David, Grüße an dessen Vater auszurichten und verschwindet in seinem Haus, um sich auszuruhen.

Ulrike hat sich derweil entsprechend der Kleiderordnung, gemäß ihrem Stand als Dienstmagd im Außendienst, umgezogen.

Auf dem Kopf trägt sie nun eine Haube und über das knöchellange Kleid eine hoch angesetzte Schürze. Dazu bequeme flache Halbschuhe aus Leder.

Für Caspar David hat sie einen Malkasten, eine Palette und die tragbare Staffelei besorgt. Stolz trägt sie die Malutensilien unter dem Arm, strahlt ihn aus ihren blauen Augen an.

„Für uns gewogene Kunden hat Großvater vor einiger Zeit Malutensilien angefertigt. Er kennt es so aus seiner Heimat Schweden", verkündet sie stolz. „Dort kamen öfter Maler und Künstler in sein Haus. Komm, ich helfe dir das Zeug nach Hause tragen!"

Die Bürger von Greifswald wundern sich kaum über den Anblick dieses seltsamen Paares, welches, vom Hafen kommend, die Friedrichsche Seifensiederei ansteuert. Immerhin ist es üblich, dass das Dienstpersonal des Auftragnehmers dem Kunden, gegen ein kleines Entgeld, die gekaufte Ware nach Hause trägt. Ulrike und Caspar David müssen noch eine einfache Kutsche vorbeilassen, dann können sie die Lange Straße zu seinem Elternhaus überqueren.

„Geschafft!", strahlt Ulrike Caspar David an, als sie den Malkasten mit Pinsel, Kreide und Leim, dazu die Staffelei mit der Leinwand vor der Haustür absetzen.

„Nun komm' ich schon zurecht", sagt Caspar David und fingert in einer Tasche seines Gehrocks nach dem Wegegeld für Ulrike. Doch die küsst ihn statt dessen auf die Wange. Dann dreht sie sich rasch um, überquert hinter einem Fuhrwerk die Lange Straße und verschwindet zwischen den dunklen Gehröcken der Passanten.

Es ist später Abend. In Caspar David Dachkammer brennen mehr Kerzen als üblich. Sogar auf Kommode, Waschtisch, Esstisch und breitem Bettrahmen erstrahlt wärmendes Licht.

Auf der kleinen Staffelei ruht der mit Leinwand bespannte Keilrahmen von Henning Thorwaldson. Caspar David hat mit einer Kreidelösung die

Leinwand mit einem großen, breiten Pinsel grundiert. Nun kann er die aus Leinöl, Sand und Eigelb selbst hergestellte Ölfarbe auftragen.

Jeder Maler hat zur Herstellung von Ölfarbe ein eigenes Rezept. Fachwerkstätten und Geschäfte für Malerutensilien gibt es zu dieser Zeit nur vereinzelt in den großen Kunstmetropolen der bedeutenden Städte. Erst über ein halbes Jahrhundert später kann, aufgrund der beginnenden Industrialisierung, auf der Grundlage von Teer und anderen Hilfsmitteln, die Farbe serienmäßig hergestellt werden. Zu Friedrichs Zeit, im Zeitalter des abklingenden Rokoko und aufstrebenden Klassizismus, mischt sich jeder Maler, wie bei den alten Meistern, seine Farben selbst.

In einem kleinen Fässchen auf dem Tisch befindet sich der Saft von Johannisbeeren. In einem weiteren Taubenblut. Ein drittes Fässchen beinhaltet angerührtes Eigelb. Würde er die Naturprodukte mischen, erhielte er eine satte grün-blau-violette Farbe. Doch das will Caspar David nicht. Deshalb nimmt er einen kleinen breiten Pinsel und tunkt ihn nacheinander vorsichtig in die Behälter mit Johannisbeersaft, Taubenblut und angerührtem Eigelb. Die Rosshaare des Pinsels sind nun unabhängig voneinander dunkelblau, feuerrot und gelb. Dann streicht er vorsichtig die Farben auf die grundierte Leinwand. Langsam gibt der Pinsel die nacheinander gespeicherte Farbe ab und erzeugt somit Caspar Davids zauberhaften Abendhimmel. Sie vermischt sich lediglich an den Rändern zu wunderbar farbintensiven Übergängen. Dort ergeben sich jene Farbnuancen, die seinen aufgemalten Abendhimmel so glühend machen. Der sonnendurchflutete gelbe Tag wandelt sich auf seiner Leinwand übergangslos in die glutrote Stimmung des Abends und endet schließlich im blauen Gewand der kommenden Nacht!

Fiebrig schauen seine Augen auf die Leinwand. Das Hemd ist durchgeschwitzt. Er hat Fieber. Seine Hand zittert und dennoch ist der Pinselstrich ruhig und souverän. Caspar David arbeitet wie im Wahn. Nach und nach entsteht vor dem Hintergrund eines brennenden Abendhimmels ein schwarzgrüner Wald mit einer Lichtung. Darauf sind drei Menschen zu sehen. Die Szenerie wie kurz nach einem Kampf, der schon vor seinem eigentlichen Beginn entschieden war.

Caspar David gelingt es, in nur einer Darstellung eine ganze Bilderfolge, den chronologischen Ablauf des Mordes, zu erzählen!

Lucellus steht mit dem Rücken zu Konstanzes Vater, als ihn nach seinem leidenschaftlichen Kuss mit Konstanze der tödliche Streich ihres Vaters trifft. Viel Blut ist aus seiner Rückenwunde über das graue Mönchsgewand geflossen. Doch die symbolträchtige Lilie in seiner Hand hat die Wut des Vaters nicht gemildert. Der bemitleidenswerte, verliebte Mönch ist bereits halb zu Boden gesunken. Er ist aus dem Mittelpunkt des Bildes herausgefallen und macht Platz für den Blick des Betrachters auf Konstanzes gewaltige

Schnittwunde am Hals, die ihr der Vater mit einem zweiten Streich zugefügt hat. Blut spritzt. Das purpurrote Samtkleid Konstanzes hat große hellrote Flecken bekommen. Doch der Mord an seiner Tochter fällt Vater Georg, der mit ausgestrecktem Arm seitlich im Vordergrund steht, wahrlich nicht leicht. Sein Gesichtsausdruck zeigt nicht blanken Hass, sondern verzehrende Liebe aus Verantwortung. Und das verständnislose Entsetzen eines Nicht-Verstehen-Könnens, was hier geschehen ist.

Friedrich wechselt den Pinsel, greift nach einem auf dem Tisch stehenden Becher Rotwein und stürzt ihn mit einem Zug hinunter. Zitternd füllt er aus einer Karaffe nach, trinkt erneut in großen Schlucken, während er mit der anderen Hand weitermalt, die Augen starr auf das Bild gerichtet. Tränen rollen ihm die Wangen hinunter.

Hoch oben, in den Wipfeln der dunklen Bäume, beginnt vor dem glutroten Abendhimmel ein fürchterlicher Sturm seine Macht zu entfalten. Schon beugen sich die ersten Wipfel vor dem Herrscher der Lüfte. Doch noch sind nicht alle Baumkronen vom Sturm erfasst. Es wird nicht mehr lange dauern, dann wird die Natur als alleiniger Rächer die Szenerie beherrschen.

Caspar David atmet schwer. Noch nie hat er so verbissen und selbstlos gearbeitet. Sein erstes Ölbild behandelt einen geheimgehaltenen Mord von anno 1557! Fieberhaft fügt er inmitten von dargestelltem Baumgestrüpp ein hastig aufgemaltes, verstecktes CDF und die Abkürzung der Jahreszahl 1798 mit '98 ein. An diese Art von Signum wird er sich in seinen späteren Werken nicht halten. Doch heute, mit der Fertigstellung seines ersten Ölbildes, hat er einen gewaltigen künstlerischen Schritt getan, sich als Landschaftsmaler der deutschen Frühromantik aber noch lange nicht etabliert.

Als er wenig später in dieser Nacht mit dem Bild fertig ist und noch mal die Szenerie betrachtet, die er mit so leuchtenden Farben dargestellt hat, überkommt ihn aus Nervenschwäche und Begeisterung ein Weinkrampf.

„Nun ist es entschieden: Ich werde Maler! Komme, was da wolle!"

Er stürzt den Rest des Weines in einem Zug hinunter, legt den Pinsel aus der Hand, schwankt, stürzt in sein Bett und fällt sofort in einen ohnmächtigen Schlaf.

In den nächsten Tagen beginnt er entschlossen mit der Vorbereitung seiner geplanten Umsiedlung nach Dresden, die im Herbst 1798 stattfindet. Dort wird durch das Wirken von Johann Christian Klengel, der sich auch um Philipp Otto Runge bemühte, im Jahre 1800 eine Klasse für Landschaftsmalerei eingerichtet.

Friedrich hat möglicherweise schon in Greifswald von diesen Plänen erfahren und somit seinen Umzug nach Dresden beschlossen.

In einer stürmischen Nacht im Herbst 1798 verlässt Caspar David Friedrich mit einem verdeckten Bild unter dem Arm heimlich das Elternhaus. Zielstrebig geht er die Lange Straße hinauf, umläuft den Marktplatz und nähert sich einem noch im Bau befindlichen großen Haus.

Hier stand bis zum Abbruch durch Greifswalder Bürger bislang die Franziskanerklosterkirche St. Peter und Paul. Nun soll nach den Bauplänen seines alten Lehrmeisters Johann Gottfried Quistorp eine neue Schule im modernen klassizistischen Baustil errichtet werden.

Caspar David Friedrich nimmt allen Mut zusammen, als er das gespenstisch anmutende, halbfertige Gebäude in der Mühlenstraße betritt. Zusätzlich zu seinem in eine Decke eingeschlagenen Ölbild trägt er, unter dem offenen Mantel, eine kleine Laterne. So kann er sehen, wo er hintritt. Aufgeschreckt rennt quiekend eine Ratte vor ihm weg. Der Laternenschein zaubert bizarre Gestalten an die halbfertigen Wände. Friedrich findet in einer Ecke des Erdgeschosses einen aus Holz gezimmerten großen Kasten. Darin allerlei Werkzeug wie Hammer, Stichel, Stricke und Seile. Hastig stülpt er den Kasten um, leert hektisch polternd dessen Inhalt. Dann nimmt er das Bild, drückt dort, wo sich der aufgemalte Mord abspielt, die Lippen aufs Bild.

„Ich kann dich nicht mitnehmen. Du musst mein Geheimnis hier in Greifswald bleiben! Ich komme später zurück, um dich zu holen!"

Dann legt er sein Bild „Der Mord am verliebten Mönch anno 1557 zu Greifswald" in den Holzkasten.

Ein fürchterlicher Gewitterdonnerschlag begleitet das geheimnisvolle Geschehen! Nun setzt auch prasselnder Regen ein. Caspar David schiebt den Holzkasten mit dem Bild darin unter einen Mauervorsprung. Er benutzt eine herumliegende Decke, um sein Versteck zu tarnen, legt dann das vorhin ausgeschüttete Werkzeug davor...

6. Kapitel – Greifswald 1989/90

Als Axel vom misslungenen Treff mit Mirjam auf dem Treidelpfad nach Hause kommt, erwartet ihn eine faustdicke Überraschung. Der Alte, wie Axel seinen krankhaft überstrengen Vater nennt, hat scheinbar eine Verwandlung durchgemacht! Trotz der fortgeschrittenen Stunde ist er aufgeblieben und hat auf seinen Sohn gewartet. In seinem mit Bildern und Büchern übervollen Wohnzimmer hat der Professor ein kleines Festmahl vorbereitet. In den Gläsern funkelt der nur durch Beziehungen erhaltene „Rosenkahler Kadarka", eine kostbare Rarität, ebenso wie der „Gamza", von dem behauptet wird, er würde beim Abendmahl in der Kirche als Messwein ausgeschenkt. Unter dem Tisch steht noch eine Flasche „Sambalita", die für viel Geld im sogenannten „Delikat-Laden" am Fischmarkt zu haben ist. Auf dem Tisch liegen auf dem Teller kostbare gebratene Schnitzel. Wann hat sich Vater Adalbert beim Fleischer danach anstellen können? Die in einem Topf dampfenden Salzkartoffeln sind „echt" und keine Schweinekartoffeln aus den Großküchen. Den zubereiteten Rotkohl aus dem Glas gibt es für ein paar Groschen in den einschlägigen Gemüseläden allerdings zur Genüge...

„Lass uns das Kriegsbeil begraben", spricht der Alte und hebt sein Rotweinglas. „Du musst verstehen, Axel, ich will nur dein Bestes. Und wen der Vater liebt, den züchtigt er – steht schon in der Bibel..."

„Aber doch nicht so, dass man sich nicht mehr traut nach Hause zu kommen", wendet Axel, durch die Gesprächsbereitschaft seines Vaters versöhnlicher gestimmt, ein. Vater Adalbert wirft jetzt mit Komplimenten und Lobpreisungen nur um sich: „Schau, ich habe im Krieg eine schwere Kindheit erlebt, bin hin- und hergetrieben worden und wohl deshalb so streng und unnachgiebig zu dir. Weißt du, uns wurde nichts geschenkt, wir mussten uns alles selber aufbauen. Auch die Gesellschaft, die jetzt in Trümmer fällt. Prost!"

Sie trinken, Adalbert fährt fort: „Doch ohne Geld nützt dir die Reisefreiheit im Kapitalismus auch nichts. Wer Geld hat, macht was er will. Es gewinnt immer das Kapital. So ist das nämlich."

Der Sohn prostet dem Vater zu. Allen Widrigkeiten zum Trotz scheinen sie sich einig. Oder täuscht der Eindruck? Weshalb veranstaltet der Vater solch ein Fest, während draußen in der Politik das Dach der Gesellschaft abgedeckt wird?

„Was gibt es Neues?", fragt Prof. Wieseneck und schenkt noch einmal Wein nach, während Axel sich ein zweites kostbares Schnitzel vom großen Teller nimmt.

„Mirjam - du kennst sie bestimmt, sie studiert in deiner Seminargruppe, habe ich auf einer Demo gut kennen gelernt..."

„Ja, ja, ich habe sie bei dieser Menschenkette in der Gützkower Straße gesehen. Was ist mir ihr?"

„Sie hat auf dem Wäscheboden ihrer Nachbarin ein Bild, ein Original, gefunden."

„Was du nicht sagst!?"

„In jenem großen Haus Ecke Gützkower Straße/Bahnhofstraße, schräg gegenüber vom 'Haus des Handwerks'?"

„Dort?! Und? Hast du das Bild gesehen?"

„Nein, Mirjam vermutet sogar unter dem Bild ein zweites, übermaltes Original, weil – wie sie sagt - die Leinwand älter zu sein scheint als das Bild selber. Sie hat es mir heute erzählt."

Adalbert Wieseneck will trinken, hält aber plötzlich inne: „Was ist denn auf dem Schinken zu sehen?"

„Eine Liebesgeschichte zwischen einem Mönch und seiner Angebeteten. Er schenkt ihr gerade eine weiße Lilie. Wie findest du das?"

Der Professor schnappt plötzlich nach Luft. Ein Hustenanfall lässt sein Gesicht blau anlaufen. Er japst und würgt. Das Glas zerbricht in seiner verkrampften Hand...

„Vater, was hast du, ist dir schlecht?"

„Wasser... zum Teufel, Wasser... ich ersticke..."

Adalbert Wieseneck schnappt weiter nach Luft. Er strampelt mit den Beinen und wirft den Kopf hin und her. Endlich eilt Axel mit dem gewünschten Wasser herbei. Vater Wieseneck nimmt hustend einen kräftigen Schluck und beruhigt sich dann langsam.

„Das war knapp, nicht wahr, Vater? Ich dacht' schon, du bleibst für immer weg."

„Hättest Dir wohl gewünscht", brummt der Alte giftig und ist nun wie ausgewechselt. „Wo um alles in der Welt ist das Bild? Ich muss es haben. Und wenn es das Letzte ist, was ich will!"

„Wahrscheinlich bei Mirjam. Sie wird es aber versteckt haben. Wer weiß wo?"

Doch bei Vater Wieseneck ist der Spaß vorbei: „Mensch, Axel! Du hast ja gar keine Ahnung, um was es sich hier eigentlich handelt..."

Nur mit Mühe kann er seine innere Erregung unterdrücken: „Unter der Übermalung befindet sich ein unentdeckter und nirgends registrierter, echter Caspar David Friedrich! Ein Ölbild von unschätzbarem Wert!"

Nun ist es an Axel sich zu verschlucken: „Nein...! Das glaub ich nicht! Was in drei Teufels Namen hast du damit zu tun?"

„Ich habe, als es im Frühjahr 1945 hier drunter und drüber ging, die Übermalung - sagen wir mal - organisiert."

„Warum und wie?"

„Warum!? Da fragst du noch? Es stand die Entscheidung auf dem Spiel, ob Greifswald von der Roten Armee platt gemacht werden würde oder nicht. Die Russen hätten doch den unbekannten Caspar David Friedrich als Beutekunst mitgenommen, wenn sie mich damit erwischt hätten."

„Wieso du? Was hast du damit zu tun? Woran erkennt man denn einen Caspar David Friedrich? An seinem einmaligen Abendrot?"

„Nicht nur. Viel wichtiger ist seine Malauffassung, die sich schon damals herausgebildet hat, als er noch in Greifswald weilte. Später sagte er einmal: 'Ein Bild muss nicht erfunden, sondern empfunden sein'. So lauschte er seinen Empfindungen nach, um sie im Bild sichtbar zu machen. Es war das Neue bei Friedrich und kennzeichnete die Kunstauffassung der Romantik im Speziellen. Dass anstelle von allgemeinverbindlichen ästhetischen Regeln das eigenes Gefühl zum Gesetz der Kunst erhoben wird. Friedrichs Bilder sind im Grunde keine Darstellungen, sondern Gefühle und aufgemalte Sehnsucht."

So schnell wie der Sturm bei Adalbert Wieseneck gekommen war, so schnell scheint er sich auch wieder gelegt zu haben. Axel schenkt seinem Vater nochmals Rotwein ein. Dann räumt er das schmutzige Geschirr vom Tisch und bringt es in die Küche. Schließlich entzündet er ein paar Kerzen und löscht das elektrische Licht.

„Erzähl, Vater. Erzähl, was damals im Frühjahr 1945 in Greifswald passiert ist."

7. Kapitel - Greifswald Frühjahr 1945

Greifswald präsentiert sich mit seiner bürgerlichen Bevölkerungsmehrheit bis zum Ende des Krieges im April/Mai 1945 als eine intakte wirtschaftliche und verwaltungstechnische Einheit.

Wie in den ländlichen Gemeinden rundum hat sich in der anmutigen Universitätsstadt am Ryck ein fester Bevölkerungszusammenhalt entwickelt. Die Leute können sich aufeinander verlassen und halten auch in schweren Zeiten zusammen.

Dies war mit eine Vorraussetzung für den schleichenden Stimmungsumschwung gegen die verbrecherische Kriegspolitik der NSDAP schon seit 1943. Das Feld war somit bestellt, worauf am 29. April 1945 auf Weisung des Stadtkommandanten Oberst Rudolf Petershagen die kamplose Übergabe der Stadt an die Rote Armee durch Greifswalder Parlamentäre stattfand.

Doch auch Greifswald hatte, wie viele gleich große und ähnlich beschaffende Städte, seine spezielle Nazi-Vergangenheit.

Mit der deutschen Luftrüstung Hand in Hand ging in Greifswald seit 1933 die Schaffung des Reichsluftschutzbundes (RLB). Dem Druck der örtlichen NS-Organe nachgebend, waren bis Ende November 1936 rund 26 Prozent der Bevölkerung RLB-Mitglied geworden. Bei Kriegsbeginn sorgte der RLB für den Bau von Luftschutzräumen und führte andere zivilstrategische Kriegsmaßnahmen durch.

Zum Schutz vor Luftangriffen wurden 1942/43 aus drei Greifswalder Kirchen Kunst- und Kulturgut – darunter 140 Bücher, wertvolle Handschriften, Bilder und Kirchengegenstände – vornehmlich im Schloss Quitzin bei Grimmen eingelagert, wo es den Krieg verlustlos überstand. Kritisch wurde die Lage im März 1945, als die Rote Armee in Pommern bis an die Oder vorgestoßen war, und Greifswald drohte Frontstadt zu werden. Bedingt durch den Zustrom tausender Flüchtlinge aus den Gebieten östlich der Oder sowie zahlreicher Kriegsgefangener, Verwundeter und Verletzter, verdoppelte sich die Einwohnerzahl auf über 61 000. Daraufhin verschlechterten sich die Lebensbedingungen in der Stadt dramatisch.

Am 25. April 1945 entschließt sich der am 1. Januar berufene Stadtkommandant, Oberst Rudolf Petershagen, die Stadt kampflos an die nahende Rote Armee zu übergeben. Zwei Tage später bittet Universitätsrektor, Prof. Dr. Engel, Greifswald zu einer offenen Lazarettstadt zu erklären. Nach dem Bekanntwerden des Vorrückens der Roten Armee von Anklam in Richtung Greifswald finden sich schließlich drei antifaschistische Oppositionszirkel zusammen, die wiederum zwei Tage später mit ihren Parlamentären Greifswalder Geschichte schreiben.

In der Nacht vom Sonntag, dem 29., auf Montag, den 30. April 1945 entscheidet sich Greifswalds Schicksal.

Führende Nazis der Stadt, unter ihnen Volks-
sturmkommandant Rickels, flüchten unter Mit-
nahme zahlreicher ausgeräumter Banktresore in
Richtung Lübeck. Kurz nach Mitternacht begibt
sich die Delegation der Parlamentäre, bestehend
aus Rektor Prof. Dr. Engel und Oberstarzt Prof.
Dr. Katsch, unter Leitung des Stellvertreters des
Kampfkommandanten, Oberst Dr. Wurmbach,
zusammen mit zwei Dolmetschern, in Richtung
Anklam. Dort nimmt in den Morgenstunden des
30. April 1945 der sowjetische Divisionskom-
mandeur, Generalmajor Borschtschow, das Kapi-
tulationsangebot der Parlamentäre an. Am selben
Tag um 11 Uhr übergibt offiziell Kommandant
Oberst Petershagen persönlich im Rathaus die
Stadt Greifswald an die sowjetischen Truppen.
Während im umliegenden Land zum Kriegsende
das blanke Chaos ausbricht, Verwaltungen und
Strukturen zusammenstürzen, stellt sich in
Greifswald die Situation als relativ ruhig dar. Die
Disziplin der Besatzungstruppen funktioniert hier
besser, der Einmarsch und die Übernahme der
Stadt gehen geordnet vor sich. Selbstmorde und
Plünderungen halten sich in Greifswald in Gren-
zen. Doch die Stadt ist hoffungslos überbevölkert.
Abends kommt zusätzlich die Landbevölkerung in
die Stadt, um die Nacht im Schutz der Stadt zu
verbringen. Zudem muss die Stadtbevölkerung
Platz für die sowjetischen Truppen bereitstellen.
Kurzerhand lassen diese fast das gesamte westli-
che Stadtviertel um den Karlsplatz (heute Karl-

Marx-Platz), das Ende der Langen Straße, die Hermann-Löns-Straße (heute Hans-Fallada-Straße) sowie Villen, Schulen, Kasernen, Tanzsäle und natürlich die Stadthalle räumen und für den Eigenbedarf requirieren. Viele Familien haben somit „ihren Russen", zumeist einen Offizier, in Quartier. Telefone, Schreibmaschinen, Fotoapparate und Radios müssen abgeliefert werden, der Zugverkehr ruht weitgehend, die Post ist eingestellt. In Greifswald weiß man kaum darüber Bescheid, was sich beispielsweise in Wolgast oder auf den Dörfern ringsum zuträgt.

Übrigens wurde zwei Jahre nach dem Krieg 1947 das Institut für Kunsterziehung an der Ernst-Moritz-Arndt-Universität gegründet...

Der junge Landstreicher Adalbert Wieseneck, ein echter Pommernbengel mit kecken Sommersprossen im Gesicht, hetzt am 28. April 1945 durch das chaotische und von Flüchtlingen überfüllte Greifswald. Und die meisten Menschen in der Stadt sind wie er heimatlos. Unter all den dürftig bis ärmlich gekleideten Menschen fällt er überhaupt nicht auf. Auf dem Marktplatz drängen sich die Leute, Kriegsflüchtlinge aus dem Osten, Einwohner, Händler, Schwarzarbeiter, verwundete Soldaten. Viele versuchen durch Tausch und Schwarzhandel an Lebensmittel heranzukommen. Von den verhassten Nazis, die das zu verhindern wüssten, ist weit und breit keine Spur zu sehen. Keine Anzeichen von jenen braunen Unheilsmenschen, die innerhalb von nur zwölf Jahren Wahnsinn und Verführung sowie Unglück und Krieg über ein ganzes Volk gebracht haben. Welch ewige Schande für Deutschland!

Der freche Wieseneck ist auf den ersten Blick ein sympathischer, junger Herumstreuner und Lebenskünstler, ein Heimatloser und Entwurzelter, den der Krieg hervorgebracht hat. Und nun verschlägt ihn das Schicksal in die Nähe des Greifswalder Marktplatzes. An der Nordseite, Haus 3, vor den Geschäften von „Kaufmann Rubin" und „Musik-Lüers" ist ein Flüchtlingstreck umgestürzt. Der Karrenwagen mit dem mageren Pferd davor hat seinen Inhalt, die letzten Habseligkeiten der Besitzer, für jedermann sichtbar preisgegeben. Offensichtlich ist der schwache Gaul auf dem feuchten und dadurch glatten Kopfsteinpflaster ausgerutscht. Der auf der Ladefläche zusammengeschnürte Kram liegt nun zerstreut auf dem feuchten Pflaster: eine alte Truhe, eine schäbige Stehlampe, zwei Stühle, ein kleiner, runder Tisch, ein Korb mit Wäsche und anderen Haushaltsresten darin. Offensichtlich eine Flüchtlingsfamilie aus dem Osten. Vermutlich Polen oder gar Weißrussen, die es bis hierher geschafft haben. Rücksichtslos beginnen einige der Umstehenden zu plündern. Ruck-zuck fehlt bereits der Wäschesack. Plötzlich löst sich ein junger Mann aus dem Menschenauflauf und rennt quer über den Marktplatz in Richtung Mühlenstraße. Sofort sind ihm ein paar finstere Gesellen auf den Fersen. Sie vermuten in ihm einen Dieb und wollen ihm deshalb die vermeintliche Beute abjagen.

„Holt doch mal einer die Polizei!", ruft eine Frau entsetzt.

„Welche Polizei, bitteschön? Außerdem sind es doch nur Polen. Soll die slawische Brut bleiben, wo der Pfeffer wächst. Wir haben nichts abzugeben", gibt ein volkstreuer Mann zurück. Dafür erntet er missbilligende Blicke der umstehenden Greifswalder Bevölkerung.

Adalbert beobachtet von einiger Entfernung aus das Getümmel um die letzten Habseligkeiten der polnischen Flüchtlinge. Er hört eine Frau in einer Sprache zetern, die er nicht versteht. Dann löst sich ein junger Mann aus dem Gewühl und rennt quer über den Markt, zwischen Postgebäude und „Pommersche Bank", in die Mühlenstraße hinein. Krampfhaft versucht er etwas unter seiner armseligen Jacke zu verbergen. Adalberts Neugierde ist geweckt. Er wird den jungen, flüchtenden Mann bestimmt später wiedersehen. Erst mal muss er weiteren Flüchtlingstrecks, die auf den Markt drängen, ausweichen. Stimmengewirr. Man fragt nach Behörden, Bekannten, Unterbringungsmöglichkeiten. Von irgendwoher weht das schwere Blubbern eines gepanzerten Fahrzeugs herüber. Unruhe breitet sich aus. Die Menschen laufen erschrocken hin und her. Andere gehen in Deckung. Einige haben für diesen Fall weiße Tücher parat, die sie nun aufgeregt hin und her schwenken.

„Ist nichts! Bleibt ruhig! Die Nazis verlassen die Stadt!", wird von irgendwoher gerufen.

„Aber, es ist doch noch der Volkssturm in der Stadt! Die Russen werden uns alle abknallen!"

„Ruhig Blut, Petershagen hat alles im Griff, es passiert nichts!"

Und dennoch. In Windeseile leert sich der Markt. Die Menschen drängen in die Nebenstraßen. Sie laufen zum Hafen runter, die Lange Straße zum Karlsplatz entlang oder eilen die Fleischerstraße hinunter. Adalbert sieht sich um. Hunger geht über alles. Er ändert die Richtung und trifft vor den Markthäusern 7 und 8, dort, wo Großhändler Kollmohr seine Läden hat, auf eine kleine Menschenansammlung. Hier wird geschachert und getauscht, was das Zeug hält. Ein Mann mit einem stoppligen Viertagebart im schmalen Gesicht und einem alten Hut auf dem Kopf öffnet seinen schäbigen Mantel. Vor der Brust trägt er einen Umhängebeutel, darin zwei Schwarzbrote. Adalbert drängelt sich zu ihm vor.

„Was willst du dafür?", fragt er auffordernd den Schwarzhändler.

„Was hast du?", fragt dieser zurück.

„Schuhe, echtes Leder!"

„Zeigen...", meint der Händler.

„Hier unten". Adalbert deutet auf seine Schuhe.

„Du hast sie an?"

„Ich zieh sie aus, sobald du beide Brote rüberreichst."

„Ein Brot, wir sind hier nicht im Schlaraffenland."

„Du miese Kröte, dann gibt es auch nur einen Schuh!"

Plötzlich knallt es von irgendwoher dumpf und laut. Panische Bewegung entsteht unter den Schachernden

„Die Russen! Macht Eure Rechnung mit dem Himmel!"

Der Schwarzhändler ist abgelenkt. Misstrauisch blickt er wild um sich, wendet den Kopf. Noch ein Knall, ein zweiter Schuss. Wird auf ihn gefeuert? Adalbert erkennt seine Chance, fasst sich ein Herz und zieht blitzschnell ein Brot aus dem Umhängebeutel. Dann gibt er in Richtung Mühlenstraße Fersengeld.

„Hundsfott, wenn ich dich kriege, mach' ich dich kalt!", brüllt der Schwarzhändler aufgebracht. Doch im Durcheinander kommt er nicht rechtzeitig weg. Zudem ist er durch den Umhängebeutel in seiner Bewegungsfreiheit eingeschränkt.

„Haltet ihn, er hat gestohlen!", ruft er deshalb wütend.

„Musst eben besser aufpassen! Alle wollen essen!", bekommt er von irgendwoher zur Antwort.

Adalbert hat die Mühlenstraße erreicht. Von hier aus gelangt man rasch zu den Wallanlagen und kann dort untertauchen. Deshalb werden Mühlenstraße und Fleischerstraße gerne als Fluchtweg zu Fuß benutzt. Hinter seinem Rücken vernimmt er Schritte. Sollte der Schwarzhändler etwa doch seine Beine in die Hand genommen haben und hinter ihm her sein? Er muss von der Straße runter und zwar rasch! Vor ihm liegt das lange, klassizistische Gebäude der „Bürger-Knabenschule". Hoffentlich ist die Tür auf! Zaghaft drückt er die große Türklinke runter. Gott sei Dank, sie ist es! Erleichterung! Der Flüchtige betritt hastig einen großen, dunklen Vorraum, lässt die Tür hinter sich ins Schloss fallen. Hektisch sieht er nach links und rechts. Wo zum Henker ist eine Treppe, die nach oben führt? Vor ihm breitet sich ein Flur mit vielen Türen rechts und links aus. Links geht ein Gang zur Hausmeisterwohnung, die heute leer zu sein scheint. Sonst wäre bestimmt schon längst von dort jemand auf ihn zugekommen. Da, rechts führt eine Treppe ins Obergeschoss! Wo soll er hin? Sein Gefühl sagt ihm, dass jeden Moment die Tür ein zweites Mal geöffnet werden kann und der Verfolger rachedurstig grinsend im Türrahmen steht... Egal, er rennt geradeaus den Flur entlang. Läuft ihn bis zum Ende durch, biegt nach links ab und stoppt seinen Lauf jäh ab. Jetzt Ruhe bewahren! Hinter ihm klappt die große Eingangstür ein weiteres Mal. Adalbert bleibt wie angewurzelt stehen. Er will sich nicht durch unnütze Geräusche verraten. Sein vermuteter Verfolger, wer immer das sei, poltert links die Treppe hinauf. Adalbert atmet auf. Erst mal Luft holen! Zufällig hat er mit seiner Flucht geradeaus die richtige Entscheidung getroffen. Nun ist es still im großen Haus der „Bürger-Knabenschule". Um zu verschnaufen, setzt er sich leise vor eine kleine, unscheinbare Tür. Möglicherweise eine Besen- oder

Abstellkammer. Er tastet nach seinem geklauten Schatz, dem Brot.

'Wenn überhaupt, überlebt man einen Krieg nur auf dem Lande, dort gibt es was zu essen', hatte ihm kürzlich sein Bruder gesagt. Und mit ihm hat er sich für später in Wackerow bei einem Bauern verabredet.

Doch erst mal muss er hier, mit dem Brot, unbescholten das Haus verlassen. Aber wie? Und wo ist dieser blöde Verfolger?

Die kleine Tür der vermeintlichen Besenkammer scheuert im Rücken. Die Klinke lässt sich ohne weiteres geräuschlos niederdrücken. Adalbert öffnet das Türchen. Abgestandene Luft empfängt ihn. Er sieht das übliche: Gerümpel, feuchte Wischlappen, Eimer, Schrubber, altes Werkzeug, ein alter Holzkasten... Ein alter Holzkasten?

'Der sieht aber komisch aus. So klobig und dennoch elegant, wie eine große Hutschachtel aus einer anderen, längst vergangenen Zeit.'

Das Holz ist mittlerweile so gut wie durchgefault. Staub und grüne Schimmelpilze zieren die Oberfläche. Nichts zu holen in dieser Abstellkammer, oder? Adalbert stößt mit dem Fuß an den unansehnlichen Holzkasten. Sogleich fällt dieser wie ein Kartenhaus auseinander und gibt den Blick auf ein mit einer seltsamen Decke umhülltes, quadratisches Ding frei. Ein Geheimnis oder doch nur zugedecktes Werkzeug? Rasch bückt er sich, schlägt die leicht verrottete Decke beiseite. Ein Bild! Ein Gemälde! Und die Farben leuchten, als seien sie gerade erst aufgetragen worden. Adalbert dreht sich um, obwohl ihn niemand sieht. Was hat er nur gefunden? Ein Kunstwerk? Ein unbezahlbarer Schatz, der darauf gewartet hat, von ihm gehoben zu werden? Unschuldig, als wolle es wie Dornröschen erst erwachen, wenn die Zeit dazu gekommen ist, lugt das Gemälde wie ein funkelnder Schatz inmitten eines schäbigen Ackers Adalbert an. Vorsichtig nimmt er es hoch und schaut drauf.

Ein Verbrechen, ein Mord ist darauf abgebildet. Und das ganze Drama findet auf einer Waldlichtung unter einem wunderschönen, farbintensiven Abendhimmel statt, in dessen Höhen sich gerade ein Sturm zusammenbraut.

Welch ein Drama verbirgt sich hinter diesem Motiv? Adalbert ist vom Bild fasziniert. Er hat Zeit und Ort vergessen, schaut wie gebannt auf das Gemälde.

„Du haben keine Angst... Du mich verstehen...?"

Zu Tode erschrocken dreht sich Adalbert heftig um. Hinter ihm steht jener junge Mann, den er vor kurzem auf dem Markt, während des Handgemenges um den umgestürzten Flüchtlingskarren, hat weglaufen sehen. Eindeutig bestätigt sich nun, dass er Pole ist. Demnach hat er den Polen, der selber auf der Flucht ist und nach ihm die „Bürger-Knabenschule" betrat, als seinen Verfolger erkannt. Er muss später also wieder die Treppe hinabgestiegen sein, um sich im Haus umzusehen. Verstört versucht Adalbert das Bild mit einer

Hand abzudecken. Der Pole schüttelt den Kopf: „Vorsichtig... du machen Bild kaputt...Farbe alt und vielleicht nicht mehr gut. Wenn nicht bald Reparatur, Bild bald erloschen...."

„Du hast Ahnung von der Malerei? Wer bist du und was machst du hier?"

Daraufhin vollführt der junge Mann eine leichte Verbeugung und erklärt in gebrochenem Deutsch: „Gestatten... Krajewski... Czeslaw Krajewski... aus Wroclaw, äh Wartislaw... Verzeihung... Breslau in Niederschlesien..."

„So, so, und was machst du hier?"

„Auf der Durchreise...zwangsläufig...Heim alles kaputt...nix Haus, nix essen...alles nix...!"

Wie gebannt starrt er auf Adalberts Brot.

„Was hast du dort unter der Jacke?", fragt Adalbert unverblümt und im stolzen Bewusstsein hier als Deutscher aufzutreten. „Du bist doch mit etwas unter der Jacke geflohen. Was sollten die Gauner nicht haben? Zeig her!"

Czeslaw Krajewski lässt Adalbert einen Blick unter seine schäbige Jacke gewähren: ein Bündel, darin eine kleine Palette, zwei ausgewaschene Pinsel, ein paar Döschen mit Farbe und ein Beutelchen mit Kreide. Nichts zu essen und auch keine Kleidung. Czeslaw hat nach der Zerstörung seiner Heimat lediglich das mitgenommen, was ihm wichtig erscheint, seine Malutensilien.

„Du bist Maler?", fragt ihn Adalbert auch sogleich.

„Vielleicht... bald", antwortet der Pole, „wenn ich weiterstudieren kann...irgendwann später..."

„Na, das trifft sich aber gut. Stell Dir vor, was ich hier habe..."

Nun gibt Adalbert Czeslaw den Blick auf das Bild frei. Der Pole winkt Adalbert, mit dem Bild zum Flurfenster zu kommen, um einen Blick auf das Kunstwerk werfen zu können. Lange sieht Czeslaw auf das Bild. Er kneift die Augen zusammen, bewegt es vorsichtig in seinen Händen hin und her, um einen schrägen Lichteinfall auf die Bildoberfläche zu bekommen. Dann wendet er das Bild und betrachtet intensiv den Zustand der bemalten Leinwand.

„Heilige Mutter Gottes, ein Frühwerk von Caspar David Friedrich... wertvoll...sehr... teuer...sehr selten...unbezahlbar... noch nie gesehen....unglaublich...eine Sensation...! Und dazu noch ein Ölbild...! Außergewöhnlich... ich sehr große Freude haben..."

„Bitte, was? Ich habe schon mal den Namen Caspar David Friedrich gehört. Auch dass er hier in Greifswald geboren wurde. Bekannte haben mir mal von seiner angeblichen Kunst berichtet. Das ist aber auch schon alles. Und nun stehen wir vor einem unbekannten Bild von ihm?!"

„Ja...ich meine...höchstwahrscheinlich..."

„Woran erkennst du, dass es ein echtes Bild von Caspar David ist?"

„Nun, hier sind zum einen alte Farben verwandt worden... also keine, die wir heute benutzen würden...zum anderen wurde die Leinwand, auf der das Bild aufgetragen wurde von Hand gemacht...auch eine Seltenheit....dann die Farbkombination, die Bildkomposition, die Malauffassung und die typischen Elemente der jeweiligen Zeitepoche, in welcher das Bild gemalt wurde...Und hier...", erklärt Czeslaw Krajewski vor Aufregung und Freude sein gebrochenes Deutsch vergessend, „schau dir die räumlichen Verhältnismäßigkeiten von Vorder-, Mittel- und Hintergrund zueinander an. Dazu der thematisch alles überragende Himmel als Zeichen von Gottes Allgegenwärtigkeit auf Erden und der davor stattfindende Sturm in den Wipfeln der Bäume, als Metapher für Anfechtung und Versuchung durch das Böse."

Er schnappt nach Luft, besinnt sich und erinnert sich wieder daran, dass er eigentlich Pole ist: „Weißt du, wir Polen... alle Katholik... Friedrich ist für uns ein religiöser Maler, der in der Natur – mit Hilfe der Malerei - Gott suchte... du verstehen?"

Adalbert schaut erstaunt den unbekannten polnischen Maler an. Er kann nicht glauben, dass er ein junges Genie vor sich hat. Doch Krajewski ist mit seinen Ausführungen noch lange nicht fertig: „Und hier...schauen deutsche, junge Mann.... Friedrich hat den Vordergrund häufig dunkel gehalten... siehe er das Waldstück... indem der Maler die Mitte durch räumliche Überschneidungen stark verkürzte, nicht selten zu einer Raumschranke machte....schau die Anordnung der Per-

sonen, die gerade ermordet worden sind, und darüber...sieh nach oben... über der Ferne steht das
eigentliche Ziel des Schauens... der Himmel in all
seiner Pracht und Güte...Der Blick des Betrachters
wird - wie von Friedrich so gewollt - nach oben
geführt. Genial! Und was noch bedeutender ist: es
ist ein Ölbild! Das musst du dir mal vorstellen.
Niemand vermutet in der künstlerischen Frühpha-
se von Caspar David Friedrich ein Ölbild!"
„Was ist daran so außergewöhnlich?"
„Na, weil der gute Friedrich zu der Zeit wahrscheinlich noch nie mit Öl gearbeitet hat. Man
geht im allgemeinen davon aus, dass er erst nach
1800 in Dresden damit begann. Diese Arbeit aber
ist früheren Datums. Wahrscheinlich liegt ihr Ent-
stehungsdatum zwischen den Aufenthalten in Kopenhagen und Dresden..."
Und plötzlich laufen dem Polen Tränen übers Gesicht. Er kann sich nicht mehr beherrschen. Mit
Leib und Seele befindet sich Czeslaw Krajewski
in diesem unbekannten Frühwerk seines Vorbilds
Caspar David Friedrich.
„In seiner Malauffassung... durfte ein Künstler
gedanklich noch nie so dicht bei Gott verweilen,
wie euer großer Caspar David Friedrich. Ihr Deutschen wisst gar nicht, was ihr an ihm habt, weil
ihr so... ungläubig und so... rechthaberisch seid",
stammelt der Pole ergriffen.
Adalbert legt keinen Widerspruch ein. Er legt ihm
die Hand auf die Schulter. Für einen Moment besteht eine völlige Übereinstimmung dieser beiden

sich zufällig begegneten Menschen. Das Frühwerk Caspar David Friedrichs, die Darstellung des Mordes eines Vaters an seiner Tochter und ihrem Geliebten, lässt Adalbert und Czeslaw für einen Moment zusammen innehalten.

„Ich habe von Leuten, die hier studieren oder studiert haben, gehört, dass dieser Caspar David Friedrich undeutsch gemalt hat. Ein Weichei soll er gewesen sein. Verklärte Landschaften, diffuses Licht und nachdenkliche Leute soll er gemalt haben. Kein Hinweis auf kraftvolle, deutsche Menschen, kein stählerner Volkswillen. Wahrscheinlich ist er auch ein volksfeindlicher Jude gewesen. Die sind an allem Schuld."

„Unsinn. Du reden nur... was sagen alle Leute...", er schüttelt heftig mit dem Kopf. „Nein ....deutsches Kerl, darauf kommt es nicht an... das ist...wie ihr sagen?.... Methode, Propaganda... Friedrich konnte von innen nach außen malen.... er hat Gottes Gedanke mit Hilfe seines Pinsels auf die Erde geholt..."

Adalbert stört sich nicht daran, dass der Pole mal gebrochen und mal fließend Deutsch spricht. Er spürt, dass möglicherweise hier auf dem Flur der „Bürger-Knabenschule" ein scheinbar zufälliges Treffen für ihn eine elementare Bedeutung bekommt.

„Ich werde auch Maler, sobald der Krieg vorbei ist", sagt er mit vor Aufregung hochroten Ohren. „Zumindest möchte ich studieren, was es mit Kunst und Malerei auf sich hat."

Nun zeigt sich auch Czeslaw gerührt: „Tu es. Und vertrödele keine Zeit. Der Krieg ist bald vorbei."

„Czeslaw, eines versteh' ich nicht, wenn es ein frühes Bild von Caspar David Friedrich ist, wie alt könnte es sein?"

„Nun, ich denke, 150 Jahre vielleicht." Doch dann stammelt er wieder in gebrochenem Deutsch aufgeregt daher: „Da...dort...ich meine....da sind auf dem Bild, im Gebüsch des Waldes versteckt, steht sein Kurzzeichen und die Jahreszahl dahinter: CDF '98! Es kann nur sein,... welch Glückseligkeit...1798. Große romantische Maler war zu der Zeit hier und hat gemalt! Oh, Maria, welch Freude...welch Glück und welch Elend...!"

„Wieso Elend?"

„Schau das Bild, schau das Grauen, der entsetzliche Mord... der Vater ein Bandit...ein Mörder..."

„Warum haben sie noch ältere Kleidung an, als in der Zeit, in der Friedrich lebte? Die Sachen scheinen ja aus dem Mittelalter zu stammen."

„Er hat... er musste....eine Vergangenheit... malen. Eine Zeit, die noch weiter zurückliegt.... Wir wissen nicht warum und weshalb. Aber sieh doch, der Himmel....der Himmel in all seiner wunderbaren Pracht... wie die Vorstufe zum Paradies, zur Ewigkeit..."

„Nu übertreib mal nicht, auf jeden Fall werde ich später etwas mit Kunst und Malerei machen. Schon allein dafür, dass ich selber beurteilen kann, was ein echter Caspar David Friedrich ist und was nicht", stellt Adalbert erneut für sich entschlossen, nun aber mit finsterem Blick, fest.

„Was machst du mit ihm... mit Friedrich... mit dem Bild?"

„Was?", Adalbert blinkert kurz mit den Augen, dann ist er wieder in der furchtbaren Wirklichkeit des Frühjahrs 1945. Sein Gesicht bekommt harte Züge. Plötzlich ist er wieder ganz der flatterhafte Herumtreiber mit einer unbekannten Vergangenheit und ungewissen Zukunft. Einer, der von einem Moment auf den anderen umschalten und seine Stimmung von Grund auf verändern kann.

„Ich werde es behalten, ich werde es erst dann den Leuten zeigen, wenn die Zeit dafür reif ist", verkündet er entschlossen.

„Wie meinst du das?"

„Nun, wir haben Krieg und Chaos und hier taucht plötzlich ein unbekanntes Bild – vielen Dank für den Tipp - von Caspar David Friedrich auf. Gerade dann, wenn die Russen mit ihren Panzern um die Ecke kommen, die Stadt besetzen und ihnen bei der Häuserdurchsuchung nach versteckten Nazis das Bild in die Hände fallen wird."

„Richtig...ich meine Pfui Teufel...die Russen...was machen wir nun?"

„Nun denk doch mal deutsch, ich meine praktisch, Pole."

Plötzlich knackt es irgendwo im großen, stillen Haus. Beide verstummen augenblicklich.

„Wie warst du hier reingekommen?", flüstert Adalbert Czeslaw zu.

„Auf dem Markt war...“

Adalbert winkt ab: „Hab ich mitbekommen. Und was dann?“

„Ich weggelaufen mit letzte Habseligkeiten unter Jacke. Leute hinter mir her. Dann Leute hinter mir abgelenkt. Schüsse. Ich dann hierher in große, deutsche Schule.“

„Glück gehabt“, atmet Adalbert erleichtert auf, „dann sind wir alleine hier in der Knaben-Bürgerschule und können machen, was wir wollen. Hinter dir ist keiner mehr hierher gekommen?“

„Nein, was meinst du damit?“

„Du wirst mir dieses Bild von Caspar David Friedrich, das außer uns noch niemand kennt, so übermalen, als hätte Friedrich persönlich den Pinsel geführt.“

Czeslaw verschlägt es die Sprache: „Was? Ich soll...du meinen...du nicht doch...ein wenig seltsam in Kopf?“

„Nein, du hast richtig gehört. Du wirst dieses Haus erst wieder verlassen, wenn du das Bild hier perfekt mit einem ähnlichen Motiv übermalt hast.“

„Nein... das ist Frevel...eine Sünde...ganz ausgeschlossen..., der Friedrich muss so rasch wie möglich allen Leuten bekannt werden. Spätestens nach dem Krieg.“

„Sag mal Czeslaw, hast du Hunger?“

„Ich Hunger...?“ Plötzlich leuchten seine Augen auf: „Und wie... ich ganz dolle Hunger haben...und du haben... große Brot...Magen ganz leer, wie Regentonne nach Dürre."

Adalbert schüttelt den Kopf: „Ich glaube, ich muss heute Abend alleine ein ganzes Brot aufessen. Ist das nicht frevelhaft?"

„Und ob! Warum du nicht wollen große Brot teilen?"

„Nix teilen...", äfft Adalbert nun das gebrochene Deutsch von Czeslaw Krajewski nach, „du malen Bild, so wie ich will... dann du kriegen halbe große Brot..."

Krajewski bekommt große Augen. Er schnappt nach Luft.

„Das...Erpressung....schlimme Sache...schlimmes Verbrechen..."

„Ach, und du meinst, es ist richtig, dass die Russen oder wer auch immer den Friedrich als Beute mit sich wegschleppt? Hier geht es um deutsches Kulturgut, um Reichskulturgut. Die Deutschen haben ein Recht darauf den unbekannten Friedrich sehen zu können. Wozu habe ich ihn denn gefunden? Wenn du es nicht machst, dann suche ich mir jemand anderen. Und...", wie zufällig zeigt er dem hungrigen Polen das Brot, „ich muss das Brot alleine essen. Schafft man gar nicht."

„Also gut", Czeslaw hat sich entschieden, „wo wir malen mit kleine Pinsel?"

Adalbert nickt zufrieden: „Wo? Na wo schon? Es befinden sich hier auf dem Flur doch wohl genügend Klassenzimmer, oder?"

„Aber...wann ich bekommen halbe, große Brot?",
fragt Czeslaw misstrauisch nach.

„Einen Happen vor der Arbeit und danach das
ganze Halbe."

„Gut, du schachern können...wie wir Polen auf
Trödelmarkt."

Adalbert grinst verschlagen. Er hat gewonnen.
Was er wirklich mit dem Bild vorhat, wird er diesem gutgläubigen Polen wohl kaum auf die Nase
binden. Er klinkt die Tür eines Klassenzimmers
auf und Czeslaw Krajewski breitet seine wenigen
Malutensilien, die er unter seiner schäbigen Jacke
versteckt hält, auf einer Schulbank aus. Das Bild
legt er auf das Lehrerpult, reicht Adalbert ein lee-
res Töpfchen und bittet ihn, von irgendwoher darin Wasser zu holen, damit er die Farbpulver,
Kreide und Leim anrühren kann. Dass wasserlös-
liche Farbe auf einem Ölbild eigentlich nicht lange hält, sagt der Pole seinem gerissenen deutschen
Freund natürlich nicht. So wird der Schwindel
hoffentlich bald rauskommen und der Friedrich
der Öffentlichkeit gezeigt werden.

'Strafe muss sein... du werden an Bild...nicht sehr
lange Freude haben....Farbe bald Risse bekommen
und dann von Ölbild rutschen, wie Nachthemd
von Körper von Frau.'

„Los, mach hin", drängt Adalbert Czeslaw zur
Eile.

„Du diese wunderschöne Bild nicht mehr sehen
wollen?"

„Alles zu seiner Zeit."

'Bis dahin werden sein Bild kaputt für immer', denkt sich Czeslaw seinen Teil in gebrochenem Deutsch.

Deshalb will er Vorsicht walten lassen. Professionell reinigen kann er das Ölbild hier natürlich nicht. Lediglich mit einem weichen Wolllappen entfernt er vorsichtig Staub und Schmutz von Friedrichs erstem Ölbild. Die Farben kommen wieder erstaunlich gut zum Vorschein. Was mag Friedrich für das Anmischen von roter Farbe genommen haben, welches er wie Blut auf die Leinwand brachte? Tierblut? Saft von reifen Kirschen? Roten Johannesbeersaft? Und welche Materialien für das purpurrote Samtkleid von jenem hübschen Mädchen, welches gerade von ihrem hellroten Blut besudelt wird? Eine Mischung aus Eidottergelb und schwarzem Johannesbeerextrakt mit ein wenig Grasgrün darin? Und nach dem vortrocknen der aufgebrachten Farbmischung ein reines, helles Taubenblut, gemischt mit Wasser? Doch er braucht sich darüber keine allzu großen Gedanken zu machen.

Malfarbe, auf der Grundlage von Teer serienmäßig angefertigt, kannte man seit dem Beginn der Industrialisierung Mitte des 19. Jahrhunderts. Später, mit der Entdeckung chemischer Elemente, deren Prozesse und der ersten Entwicklung einer chemischen Industrie, konnten lange haltbare Farben und Lack-Firnis (Lösung von Schellack oder Harz in Spiritus, Terpentinöl) industriell hergestellt werden.

Was der junge, polnische Maler nun alles aus sei-
ner schäbigen Jacke hervorzaubert! Sie muss
Hunderte von Geheimtaschen haben! Sogar eine
kleine Petroleumlampe, in Form einer Dose, mit
einem kleinen Docht darin, kommt zum Vorschein! Er entzündet den Docht und kann so die in
einem anderen Döschen erkaltete Leimfarbe durch
die kleine Flamme wieder malfähig machen.
„Wo kriegst du einen grauen Farbton her?"
„Mit Asche natürlich."
„Und das Braun?"
„Mit Sand."
„Und das hast du alles mit dir herumgeschleppt?"
„Ja, doch stör mich nicht!"
Czeslaw spricht immer perfekt Deutsch, wenn er
eine Sache macht, die ihn begeistert.
Geschickt öffnet er die kleinen Behälter und be-
streicht damit seine kleine Palette. Er nimmt sie in
die linke Hand. Dann bekreuzigt er sich mit der
rechten Hand, sieht nach oben. Stumm bewegen
sich seine Lippen. Schließlich nimmt er den Pinsel
in die Rechte, sieht Adalbert mit leisem Vorwurf
an und verkündet in bestem Deutsch: „Würdest du
bitte jetzt rausgehen? Ich kann nicht arbeiten,
wenn mir dabei jemand über die Schulter schaut!"
„Was?!" Adalbert schrickt zusammen. „Ja, natürlich...arbeite nur...beeile dich...dann kriegst du
auch das Brot."
Damit geht er hinaus auf den Flur, schließt fest die
Klassenzimmertür und wartet.

Drinnen verrichtet Czeslaw Krajewski derweil jene Schicksalsarbeit, die ihn auch Jahre später nicht loslassen wird. Er übermalt Friedrichs „Der Mord am verliebten Mönch Anno 1557 zu Greifswald" aus dem Jahre 1798 mit einem anderen, thematisch viel freundlicheren Motiv. Und er arbeitet mit taktischem Kalkül, mit wasserlöslicher Leimfarbe auf Friedrichs erstem Ölbild! Krajewski imitiert erschreckend gut den Malduktus des jungen Caspar David Friedrich. Er kopiert seinen zu dieser Zeit noch ungestümen Pinselstrich und seine Unerfahrenheit in Ölmalerei in vollendeter Perfektion. Aber auch seine religiös-allegorische Gedankenfähigkeit, mit der Caspar David Friedrich später seine großen Werke schuf.

Und doch drückt er dem Bild seinen eigenen künstlerischen Stempel auf. Krajewski verändert das Motiv, nicht aber den Malduktus. Die Darstellung ist ihm zu grausam. Der junge Maler möchte, seiner friedfertigen Grundeinstellung verpflichtet, dass auf seinem Bild überdeutlich zu erkennen ist, dass Versöhnung und der Friede das letzte Wort behalten. So wie es draußen in der grausamen Weltgeschichte wünschenswert ist. Ja, er will den Frieden herbeimalen! Geschickt stattet er den Hintergrund mit einer diffusen braungelben Farbkombination aus. Die Hauptfiguren, Konstanze Kreideboom, Lucellus und Greifswalds damaliger Stadthauptmann Georg Kreideboom, agieren vor einem undefinierbaren Hintergrund. Sie kommen wie aus dem Nichts. Perspektive und Bildkomposition ist ganz auf die Liebenden in der Mitte des Bildes zugeschnitten, während der Vater, wie zufällig dazugekommen, im Hintergrund verweilt. Er hat als Statist für die künstlerische Aussage des Motivs keinerlei Bedeutung mehr. Und im durch die Betrachterposition aufgewerteten Mittelteil reicht Lucellus, verschämt lächelnd, in freimütiger Aufrichtigkeit seiner Angebeteten eine weiße Lilie! Der Katholik Czeslaw Krajewski macht aus der unheilvollen Mordszene aus dem Jahre 1557 eine gedankliche Absolution. Mit seiner Übermalung vergibt er allen an der Szenerie Beteiligten. Aus Mord wird Achtung, Zuneigung und Liebe. Der Ursprung aller Sehnsüchte, Harmonie und Zuneigung, triumphiert über die tödliche Verderbtheit des menschlichen Charakters. Und wie auch sein malerisches Vorbild Caspar David Friedrich versteckt er diesmal im Faltenwurf von Konstanzes purpurrotem Samtkleid sein Kürzel: C.K. '45.

Erschöpft legt er den Pinsel beiseite, lässt sich in eine harte Schulbank fallen. Schwarze Ringe kreisen vor seinen Augen. Mit Daumen und Zeigefinger massiert er seine zuckenden Lider, bleibt dann noch eine Weile leicht keuchend sitzen. Erst jetzt verspürt Czeslaw Krajewski einen schmerzenden Hunger. Und er erinnert sich an seine Angehörigen, die er nach dem Zwischenfall auf dem Marktplatz so schnell verlassen musste. Sie werden hoffentlich noch in der Stadt sein. Er muss sie suchen!

Plötzlich fliegt die Klassenzimmertür auf. Im Türrahmen steht der aufgeregte Adalbert Wieseneck.

„Was machen wir nun? Die Nazis machen entweder eine Razzia oder sie wollen aus der Stadt flüchten! Bewaffnete Soldaten laufen hin und her und Automobile mit Wehrmachtsoffizieren darin fahren die Lange Straße hinunter!"

„Wo wollen sie hin?"

„Na, die Steinbecker runter nach Westen oder am Karlsplatz vorbei, über die Schienen, Richtung Grimmen. Auf jeden Fall werden sie abhauen."

„Sind es alle Nazis, die abhauen?"

„Nein, soviel ich aus einem Fenster gesehen habe, wird es eine Vorhut sein."

„Lass uns... bleiben hier, Adalbert!"

Doch der tippt entschlossen mit dem Zeigefinger an die Stirn: „Bist du verrückt?! Hier kann uns niemand schützen. Das ist ein öffentliches Gebäude, das sie zuerst besetzen. Wir müssen zu privaten Leuten. Wie weit bist du mit dem Bild?"

„Fertig."

„Zeig her."

„Nicht anfassen, ist noch feucht. Gib endlich große Brot raus!"

Adalbert reicht ihm das Brot, während er wie gebannt auf Krajewskis Meisterwerk blickt.

„Das hast du gemalt?", fragt er ungläubig.

„Du sehen hier noch andere Leute in Klassenzimmer? Ist es nicht gut?"

„Es ist himmlisch, eine Versöhnung, eine Hoffnung, ein Ausblick. Wie hast du das zustande gebracht?"

Czeslaw winkt ab: „Nicht fragen, ich suchen jetzt Verwandte. Du gehen aus Stadt? Was du machen mit Bild? Wir uns treffen nach Nazi-Zeit?"

Doch Adalbert ist nach dieser kurzen sentimentalen Aufwallung gleich wieder wie vorhin. Ein unheilvoller Gedanke reift in ihm heran: Er möchte das Bild behalten und selber bestimmen, wann er den Friedrich unter der Übermalung freigibt! Das Bild wird in keinem Katalog auftauchen, wenn er es nicht will.

„Komm, wir gehen auf die Straße, es wird alles gut werden", sagt er scheinheilig zu Krajewski. Der Pole nickt und packt seine Sachen zusammen. Sie schlagen das Bild vorsichtig in eine Wolldecke ein und Adalbert klemmt es sich behutsam unter den Arm.

Krajewski sieht, als letzte Erinnerung an den frühen Caspar David Friedrich, ein paar Farbflecken auf der Rückseite der derben Leinwand.

Sie werden, später untersucht, das Alter der Leinwand erklären und die Übermalung entlarven. Daran hat Adalbert Wieseneck nicht gedacht.

Kaum auf der Straße angekommen, stimmt dieser ein lautes Geschrei an: „Hilfe! Zu Hilfe!! Der Pole will mir meine Sachen klauen. Hier ist ein Pole, nehmt das slawische Schwein fest!!"

Daraufhin rennt Czeslaw Krajewski fluchend die Mühlenstraße hinauf in Richtung Markt. Doch von dort kommen ihm Leute entgegen, die die vorgetäuschten Hilferufe gehört haben. So bleibt ihm nichts anderes übrig, als noch vor der Post links in eine Nebenstraße (heutige Rakower Straße) abzubiegen, um auf dem Wall seine Verfolger abschütteln zu können. Doch die dem Polen entgegenkommenden Menschen entpuppen sich gleichfalls als Flüchtende. In der Stadt geht es mittlerweile drunter und drüber. Von irgendwoher dringt das Klirren von Schaufensterglas an Adalberts Ohr. Sollten nun doch zu guter Letzt Plünderungen stattfinden?

„Mein Gott, wie '38 zur Kristallnacht!", ruft eine Stimme erschrocken von irgendwo her.

Nun wird es auch für Adalbert unsicher. Offensichtlich verlagert sich das Gedränge und Geflüchte vom Markt weg. Unwillkürlich wird er von der allgemeinen Panik angesteckt. Einige Bürger haben tatsächliche hohe Nazis in ihren Autos wegfahren sehen und nehmen nun an, diese würden den militärischen Widerstand gegen die vorrückenden Russen organisieren und die Stadt zum Kriegsschauplatz machen. Aber Petershagen plant doch die kampflose Übergabe der Stadt? Aufregung und Ratlosigkeit unter den Menschen. Soldaten laufen umher, dazwischen verweilen Verwundete und Flüchtlinge aus dem Osten auf ihren letzten Habseligkeiten. Schacherer und Tagediebe wittern ihr Geschäft und umschleichen ihre Opfer wie die Motten das Licht. Plötzlich ertönt eine schnarrende Hupe, die Menge stiebt

auseinander. An der Post vorbei biegt ein „Horch"
mit quietschenden Reifen in die Fleischerstraße
ein. Im Auto sitzt ein hoher Nazi-Offizier.
„Aha, die Ratten verlassen das sinkende Schiff!"
„Typisch, und wir müssen die Suppe auslöffeln,
die sie uns eingebrockt haben!"
„Scheiß-Nazis! Hol sie der Teufel!"
„Psst, nicht so laut, es ist noch nicht vorbei. Die
Gestapo hat immer noch ihre Spitzel unterwegs!"
Nun wird es auch für Adalbert endgültig Zeit, sich
aus dem Staub zu machen. Doch wohin? Die Lange Straße hinunter? Die Steinbecker Straße hinun-
ter? Und dann zwischen Gaststätte „Zur Sonne"
und dem Kramladen von „Paul Schulz" durch das
Steinbecker Tor in Richtung Stralsund? Will er
nach Wackerow laufen, muss er sowieso diese
Richtung einschlagen.
'Nee, erst mal die Fleischerstraße runter bis zur
großen Kreuzung und dann weitersehen.'
Vielleicht kann er auch über die Schienen der
Gützkower Straße, die Gützkower Landstraße
entlang, die Stadt verlassen? Sicherlich. Am besten am vormaligen Jüdischen Friedhof, am
Greifswalder Stadtfeld vorbei, und dann einen
weiten Bogen über die Wiesen in westliche Rich-
tung laufen, um Wackerow aus einer anderen
Richtung anzusteuern.
Gedankenversunken steht er immer noch vor der
„Bürger-Knabenschule" in der Mühlenstraße, als
plötzlich hinter ihm ein erstickter Ruf ertönt: „Da

ist er!! Haltet das Bürschlein! Er darf uns nicht entkommen! Diese Mistkrücke!"

Ist er gemeint? Adalbert gibt augenblicklich Fersengeld, obwohl er nicht weiß, ob wirklich er gemeint ist. Erst mal weg! Der übermalte Caspar David Friedrich behindert ihn beim Laufen, doch er hält das Bild fest, als wäre es sein Leben. Er rast um die Ecke in die Fleischerstraße. Auf der rechten Straßenseite läuft er wieselflink am großen „Erdmannschen Kaufhaus" vorbei und hat heute auch keinen Blick für die Auslagen des gegenüberliegenden Fachgeschäfts von Alfons Grabs. „Fahrräder, Motorräder, Schreibmaschinen, Radio, Milchseparatoren, Waschmaschinen, Wäschemangeln" sowie „Spezial Reparatur Werkstatt" steht sorgfältig auf Putz geschrieben über dem Geschäftseingang. Weiter an der Ecke Fleischerstraße/Domstraße befindet sich seine Lieblingsdrogerie. Dort riecht es immer so gut nach Seife, Parfüm und Tee. Hinter dieser kleinen Kreuzung wechselt Adalbert auf die linke Straßenseite. Und wieder verspürt er ein unbändiges Verlangen, vor dem Schaufenster des Frisörladens stehen zu bleiben. Noch vor kurzem stand er hier und versuchte mit fast ausgerenktem Hals zu erkunden, wer sich im Laden bedienen lässt. Zwei Häuser weiter befindet sich das Geschäft von Uhrmacher und Juwelier „Peter German". Vor seinem Geschäftseingang befindet sich, einem Werbeschild ähnlich, eine Uhr.

„Mist! Gleich drei! Wie komm' ich bis zum Einbruch der Dunkelheit nach Wackerow?"

Rechts und links der Fleischerstraße laden die Wallanlagen, welche die Stadt im Sommer wie ein grünes Band durchziehen, zum Verweilen ein. Doch Adalbert Wieseneck muss weiterlaufen, obwohl er sich nicht sicher ist, ob er überhaupt verfolgt wird. Er trägt ein Kunstwerk mit sich, ein Geheimnis, einen Schatz!

Links, vor der großen Kreuzung, sieht er den Willhelmsplatz. Dieser beherbergt die gewaltige Zweiflügelanlage des Gymnasiums. Die andere Richtung führt zum Bahnhof. Von hier aus kann man auf der rechten Seite der Straße das vornehme Haus des vormaligen Witwensitzes der Kammerherrin Wilhelmine von Behr sehen.

Er muss auf den Verkehr achten. Automobile und Fuhrwerke passieren unentwegt beidseitig die Kreuzung. Dazwischen versuchen Passanten die Straßen zu überqueren. Geradeaus wird hinter der Kreuzung am Willhelmsplatz aus der Fleischerstraße die Gützkower Straße. An der Kreuzungsecke Gützkowerstraße/Bahnhofstraße steht das große Wohn- und Geschäftshaus von Gastwirt Wilhelm Tielk. Adalbert stoppt aus vollem Lauf und denkt nach. In solch einem großen Mietshaus vermutet niemand ein übermaltes Bild von Caspar David Friedrich, oder? Er lässt den Blick schweifen.

Das gesamte Erdgeschoss beherbergt Geschäfte. Die Seite zum Bahnhof hin zeigt die Gastwirt-

schaft „Zur Bismarck-Eiche." Auf Seite der Gütz-
kower Straße liegen die beiden Schaufenster von
„Wilhelm Tielks Tabakladen". Dahinter ist das
Geschäft „Hutmacher Rückert", dann kommen der
Hauseingang des Mietshauses und ein paar Schrit-
te weiter die „Glaserei Bruno Siewert", „Foto-
Wendorf" und der Laden von Friseurmeisterehe-
paar „Hübenbecker."

Hinter ihm pfeift es laut. Polizei? Rasch runter
von der Straße! Er rennt in den nächsten Hauseingang und schlägt, peng, die schwere Tür zu. Unheimliche Stille umfängt ihn. Hektik und Straßen-
lärm toben draußen wie in einer anderen Welt.
Vor sich sieht er eine große Windfangtür. Die
Flügel knarren leise, als er durch sie hindurchgeht.
Gleich rechts führt eine kleine Tür zum Tabakladen von „Wilhelm Tielk". Halbrechts zur Beliefe-
rung der „Bismark-Eiche" ist eine größere Hinter-
tür. Geradeaus führen eine Stufe und eine weitere
Tür zum Hinterhof. Und links, über dem Kel-
lereingang, schlängelt sich die breite Haustreppe.
Adalbert entscheidet sich für sie. Im Hochsteigen
nimmt er immer gleich zwei Stufen auf einmal.
Auf jeder Etage muss er einen Flur bis zum nächsten Treppenabschnitt durchlaufen.

'Mein Gott, ist das Haus groß!'

Das Bild unter seinem Arm scheuert. Die Arm-
muskeln krampfen. Schließlich ist er im vierten
Stock angelangt. Vor ihm befindet sich nur noch
die Tür zum Trockenboden. Dahinter wird aus der

großzügigen Treppe eine enge Steige. Adalbert klettert sie hinauf und erreicht den Dachboden.

Er will endlich das Bild abstellen, damit er weiter überlegen kann... Schließlich dreht er sich um. Hinter ihm steht ein Trockenboden leer! Die Lattentür ist ohne Vorhängeschloss! Es soll ja nur provisorisch sein. Bald wird er das Bild zurückholen... Und so legt er das in eine Decke gehüllte Frühwerk von Caspar David Friedrich, mit der Übermalung von Czeslaw Krajewski, in einer Ecke des Bodens ab!

Dann hebt er für sich ganz alleine Zeige- und Mittelfinger der rechten Hand empor und schwört: „Ich, Adalbert Wieseneck, werde wiederkommen und mir das Bild holen, ich schwör's! Und ich werde damit die Welt überraschen und sehr viel Geld machen. Ich werde Kunst studieren, um zu wissen, wie sich Menschen in ihren Bildern ausgedrückt haben. Und um gute von schlechten Bildern unterscheiden zu können. Und ich werde Acht geben, dass Czeslaw Krajewski niemals meinen Weg kreuzt!"

Als Adalbert wenig später das große Wohn- und Geschäftshaus zu Beginn der Gützkower Straße verlässt, wird er in einen Tumult verwickelt. Mit zerrissener Kleidung, mittellos und mit letzter Kraft kann er aus Greifswald fliehen. Mit erstaunlicher Lebens- und Willenskraft führt er das Leben eines Landstreichers weiter.

Zwei Jahre später, 1947, kehrt er nach Greifswald zurück. Sofort macht er sich auf, um den übermalten Friedrich zu finden. Doch der Trockenboden im großen Haus in der Gützkower Straße ist belegt, die Tür fest verschlossen und das Bild verschwunden. Adalbert befragt die Mieter des Bodens, eine Familie Schulz. Doch vehement wird von ihnen abgestritten, dort jemals ein Bild gesehen zu haben. Um vor Ort zu bleiben und um beobachten zu können, ob das übermalte Bild auftaucht, lässt er sich an der Universität, Fachrichtung Kunstwissenschaft/Kunstgeschichte, einschreiben. Und sein Kalkül scheint aufzugehen. Im Laufe der Jahre wird aus dem einstigen Herumtreiber und Landstreicher mit nebulöser Vergangenheit ein anerkannter Kunstprofessor. Die Geschehnisse des Frühjahrs 1945 scheinen vergessen zu sein, bis Sohn Axel mit der Nachricht eines gefundenen und möglicherweise übermalten Bildes auftaucht. Und man fand es dort wieder, wo er es damals versteckt hatte, nach all den Jahren aber nicht mehr vermutete. Bei Frau Schulz!

8. Kapitel – Greifswald 1989/90

Adalbert Wieseneck schweigt und Axel hat gegen Ende der Erzählung seines Vaters erschrocken die Hände vors Gesicht gehalten. So sitzt er immer noch da, als der Alte schon längst verstummt ist. Schließlich nimmt er die Hände runter: „Was bist du nur für ein Mensch, Vater! Was um Himmels Willen geht in einem Kopf vor? Ich wusste, dass ich vor dir Angst haben würde mein Leben lang...“

„Unsinn, du hättest ebenso gehandelt.“

„Wozu hast du mir das nun alles erzählt?“, fragt Axel ängstlich.

„Na, einmal wolltest du es so und zum anderen habe ich dich eingeweiht, damit du später nicht sagen kannst, du hättest nichts gewusst“, der Professor wackelt mit dem Zeigefinger in der Luft wie ein alter Schullehrer. „Mitgefangen heißt auch mitgehangen...“

„Du Ungeheuer, was willst du von mir?“

„Mensch, Junge, sieh das doch nicht so düster. Du bist Mitwisser, aber auch Mitteilhaber. Jawohl, wir werden den Friedrich gewinnbringend verkaufen. Was denkst denn du? Sieh dich doch um. Die Leute sind abgelenkt, die Gesellschaft ist am Ende. Niemand wird bemerken, dass in der juristischen Grauzone des Übergangs ein echter Caspar David Friedrich beiseitegeschafft wird. Auf die Art und Weise sorge ich für später vor, so wie es die Cleveren immer tun.“

„Du ekelst mich an..."

„Halt die Klappe! Und jetzt kommen wir zu dir!" Adalbert Wieseneck hebt die Stimme laut und scharf: „Jetzt ist Schluss mit lustig! Du wirst mir dieses Bild, diese einmalige Übermalung, von der Mirjam ahnt, aber nichts weiß, besorgen. Du bringst mir das von diesem Krajewski übermalte Ölbild von Friedrich hierher! Egal wie. Ist das klar? Wozu habe ich dir das alles wohl erzählt? Das Caspar David Friedrich höchstwahrscheinlich hier in Greifswald sein erstes Ölbild malte. Bislang dachte die Kunstwelt, er hätte bis zu diesem Zeitpunkt nur Zeichnungen und kleine Sepiaarbeiten angefertigt. Ich habe später alles nachrecherchiert. Und du machst bei der Sache mit. Keine Widerrede!"

„Ich werde die Polizei einschalten..."

Adalbert Wieseneck lacht schallend dazwischen: „Der Witz der Weltgeschichte, ha, ha, ha. Da wird auf einem alten Dachboden ein Original gefunden. Na, und? Außer uns beiden und Krajewski weiß niemand, dass darunter ein echter Friedrich schlummert, ha, ha, ha...! Mirjam weiß doch gar nichts! Wir brauen ihr nur den übermalten Caspar David Friedrich abjagen und fertig. Niemand wird ihr glauben. Und um die alte Frau Schulz kümmern wir uns später. Mit der bin ich noch lange nicht fertig. Versteckt mir meinen gefundenen Caspar David Friedrich. Frechheit... Also, machst du mit? Es wird nicht zu deinem Schaden sein."

Axel nippt unsicher an seinem Glas. Dann nickt er beschämt. Adalbert klatscht triumphierend in die Hände: „Das will ich meinen. Ich wusste, dass ich mich auf dich verlassen kann. Also, wie abgemacht, hole mir das Bild hierher, alles andere mach' ich."

„Wenn du meinst..."

Doch Axel ist angesichts des Auftrages mulmig zumute. Seine Unsicherheit versteckt er hinter einem kräftigen Schluck aus dem Weinglas. Er fühlt sich seinem Vater gegenüber ausgeliefert und hilflos.

Das Wetter am nächsten Tag ist schön.

,Mirjam wird sicher zu einer ihrer Kommilitoninnen spazieren gehen', vermutet Axel.

Der unsichere Junge, aus dem sein Vater einen Komplizen gemacht hat, beschließt die Chance zu nutzen, um das Bild aus Mirjams Dachkammer zu stehlen.

„Wenn du das Bild hierher gebracht hast, ist schon viel erreicht. Bis einer von uns verdächtigt wird, habe ich die Übermalung schon längst dorthin gebracht, wo sie niemand finden kann und auch die Spuren verwischt. Dann bestimmen wir den weiteren Zeitplan."

Die Worte des Vaters dröhnen ihm immer noch im Ohr, als er mit dem Rad die Eldenaer Hainstraße entlang fährt und dann in die Pappelallee einbiegt. Diese führt, wenn man sie geradeaus durchradelt, über die Petershagen-Allee, Robert-

Blum-Straße, am Theater vorbei bis zur Europa-Kreuzung. Nun passiert er das erst vor einigen Jahren entstandene Neue Ostseeviertel. Angesichts des Verfalls der Innenstadt sind die Plattenbauwohnungen hier besonders beliebt und dementsprechend begehrt. Er radelt an der schäbigen Schwimmhalle vorbei und passiert anschließend die dunkelroten Ziegelhäuser der MMS, der Militärmedizinischen Sektion der Universität. Als er über den Karl-Liebknecht-Ring fährt und es somit bis zur Rudolf-Petershagen-Allee nicht mehr weit ist, beginnt sein Herz aufgeregt zu schlagen. Noch könnte er alles in Ordnung bringen, wenn er Mirjam klaren Wein einschenkt. Und sie wird ihm glauben, weil sie ihn mag. Immer noch. Auch wenn er sich auf dem Treidelpfad ihr gegenüber so dumm benommen hat. Ängstlich fingert er nach dem großen Umhängebeutel, den er hinter sich auf den Gepäckträger geschnallt hat. Nachher, mit dem Bild darin, wird er einen anderen Weg zurück nach Eldena nehmen. Eventuelle Zwischenfälle unterwegs sind mit dem Vater genaustens besprochen worden. Bei dem Sohn eines Kunstprofessors wird es allzu normal scheinen, dass ein Bild aus privatem Besitz zum Bewerten an den Fachmann Prof. Wieseneck geliefert wird. Auch wenn die Art des Transports, mit Rad und Umhängetasche, jedem Polizisten auffallen würde. Axel fährt durch die Robert-Blum-Straße, am Theater vorbei, macht an den Signalanlagen der Europakreuzung Halt. Bei Grün steigt er erneut in die Pedale, radelt halblinks die Goethestraße hinunter bis zur großen Kreuzung. Vor Mirjams Haus angekommen stellt er das Rad unangeschlossen neben der Haustür ab. Nachher muss alles schnell gehen... Er steigt die Treppen empor, die enge Stiege zum Dachboden hinauf, lugt durch den Wäscheboden, sieht das Bild dort nicht und ist sich ziemlich sicher, die Übermalung in Mirjams Dachkammer zu finden. Was, wenn sie nicht da ist? Ohne Bild darf er sich bei seinem Vater nicht sehen lassen! Als er vor ihrer Tür steht, atmet er tief durch. Nun gilt es! Er klopft. Niemand öffnet. Er klopft noch einmal. Keiner da.

'Mist, was nun?'

Schon beschließt er zu gehen und unten auf sie zu warten, um ihr dann reinen Wein einzuschenken, da klickt es wie zufällig an der Tür. Sie ist unverschlossen und springt auf. Axel schüttelt den Kopf: 'Manche Studenten sind gutgläubig und weitherzig. Mirjam ist eine von ihnen.'

Er tritt ein und sieht sich um. Doch das Bild kann er nirgends finden.

'Verdammt!'

Wütend bückt er sich, blickt unter ihr Bett, öffnet die obere Schiebetür von ihrer Schrankwand und sucht klappernd zwischen dem Geschirr, welches in ihrem kleinen Regal steht. Es lärmt und scheppert. Es hat keinen Zweck. Hier wird er es nirgends finden. Wütend tritt er mit dem Fuß gegen die Schrankwand, wendet sich zum Gehen, als Mirjam ihm von hinten Haarspray ins Gesicht sprüht. Erschrocken kreischt er auf und hält sich die Hände vors Gesicht.

„Du miese, elende Ratte...!"

Mirjam ist außer sich. Ein Hagel von Schlägen prasselt auf ihn nieder.

„Mistkerl, was hast du hier zu suchen?!"

Ihre braunen Glutaugen funkeln ihn wütend an. Angesichts der Schlagfolge muss Axel auf ihr Bett ausweichen.

„Steh auf, du halber Hahn, diese Zeiten sind vorbei!"

Der Einbrecher Axel hält sich immer noch die Hände vors Gesicht.

„Warte...", jammert er, „ich kann Dir alles erklären."

Mirjam hört mit dem Trommelfeuer auf: „Da bin ich aber gespannt, Schweinehund!"

„Wo ist das Bild?"

Sogleich setzt die Artillerie wieder ein: „Hab ich's doch gewusst, du mieses Stück! Wolltest das Bild klauen, he?!"

„Nein, ich sollte es klauen, das ist ein Unterschied."

Mirjam unterbricht erneut ihr Sperrfeuer: „Wieso sollte?"

„Ja, ich muss dir etwas beichten. Aber du darfst nicht mehr rumprügeln."

„Ich überleg's mir noch. Erzähl schon mal."

„Unter dem Bild befindet sich ein Geheimnis, welches für einige Leute unter keinen Umständen gelüftet werden darf."

„Und was bitte schön soll das sein? Ein noch älteres Bild? Wie ich schon vermutet habe!"

„So ungefähr. Du wirst es nicht glauben, aber darunter befindet sich ein unglaublich wertvolles Gemälde. Ein echter Caspar David Friedrich von sage und schreibe 1798."

„Von 1798? Da war Caspar David eine Zeit lang in Greifswald?"

„So sagt es jedenfalls mein Alter und warum soll er als Kunstprofessor lügen? Und dazu noch in Öl! Kein Mensch hat es bislang für möglich gehalten, dass Caspar David Friedrich so früh in Öl malte. Wahrscheinlich entstand das Bild sogar hier. In jener kurzen Zeit der Ausbildungen zwischen Kopenhagen und Dresden. Caspar David hat es wohl kurz vor seiner Abreise nach Sachsen hier versteckt. Das Bild wurde dann 1945 übermalt von einem hier unbekannten polnischen Maler Czeslaw Krajewski. Das ist alles. Mehr kann und darf ich dazu nicht sagen, bitte versteh. Mein Vater wird mich sonst umbringen. Ich hab' schon viel zuviel geredet. Hab's nur dir zuliebe getan, damit du meine Reaktion verstehst. Mein Alter hat das Bild damals '45 hier auf dem Dachboden versteckt, um es später versilbern zu können. Und nun hast du das Ding gefunden und er ist in heller Aufregung, weil du ihm das Geschäft verdirbst!"

„Wieso hast du deinem Vater von dem Fund erzählt? Wir sind doch hier nicht bei Pittiplatsch und Schnatterinchen!"

„Ich bitte dich", Axel scheint entrüstet, „du wolltest doch nachschauen lassen, warum die Leinwand älter ist als das Bild auf ihr."

Doch Mirjam ist skeptisch. Alles klingt ihr sehr unwahrscheinlich. Sie nimmt an, dass Axel sich durch das geheimnisvolle Geschwätz um einen übermalten Caspar David Friedrich nur retten will und beginnt ihre Prügelorgie von neuem.

„Scheiß drauf! Ich behalte das Bild und ich sage nicht, wo es sich befindet. Da wäre ich ja schön blöd! Gerade jetzt, wo es sich herausstellen könnte, dass darunter ein echter Caspar David Friedrich ist! Verschwinde jetzt, du Hanswurst, ich mach' dir Beine...!"

„Aua..., du weißt ja gar nicht, in welcher Lage du dich befindest, dumme Gans...! Mein Vater wird dich umbri... Aua..., ich hau ja schon ab...!"

Axel gibt entnervt auf. Er flüchtet enttäuscht und empört aus Mirjams Zimmer, poltert die Stufen der Treppen hinunter, steigt hastig aufs Rad und radelt, wie von Hunden gehetzt, davon.

In ihrer Dachkammer zieht Mirjam das Bettzeug ab. Sie will keinerlei Erinnerung mehr daran haben, dass dieser Axel Wieseneck jemals auf und sogar in ihrem Bett gelegen hat. Wie kann man sich so täuschen!

'Gut, dass ich das Bild, wie nach einer Eingebung, noch rechtzeitig zu Frau Schulz gebracht habe. Nicht auszudenken, wenn Axel es hier bei mir gefunden hätte.'

Plötzlich hält sie inne.

'Und wenn er nun recht hat? Kann ich dann überhaupt noch sicher sein? Prof. Wieseneck wird doch Himmel und Hölle in Bewegung setzen, um das Bild zu bekommen! Wie tief ist er wirklich in die ganze Sache verstrickt? Und wer würde mir die Geschichte glauben?'

Sie fühlt, sie muss etwas zu ihrem Schutz unternehmen. Jetzt und gleich. Und sie muss raus auf die Straße, nachdenken und dann entscheiden.

9. Kapitel - Greifswald gleiche Zeit

Ein undefinierbarer Geruch einmaliger politischer Veränderungen liegt in der Luft. Eigentlich müsste Mirjam fürs Studium lernen. Doch wer soll jetzt, wo so viele wichtige Dinge geschehen, etwas in seinen Kopf reinbekommen? Sollte sie nicht in die Makarenkostraße zu den Studentenclubs hinausfahren? In der „Kiste" oder in der „Schachtel" ist immer was los! Und Uschi ist zum Klönen immer da. Wem soll sie sonst ihre Geschichte erzählen? Im Hausflur auf der Treppe kommen ihr fremde Leute entgegen. Sie diskutieren beim Treppensteigen die neusten Nachrichten: „Olle Schalck-Golodkowski ist abgehauen und das MfS heißt jetzt Amt für Nationale Sicherheit – Nasi."

„Ist doch alles zu spät. Sie kriegen die Kurve nicht mehr. Dazu ist die DDR zu fertig auf den Röhren."

„Sie wollen die Stasi-Zentralen besetzen."

„Das geht nicht gut..."

Mirjam quetscht sich an den Diskutierenden vorbei und läuft auf die Straße.

Draußen gehen viele Leute die Gützkower Straße entlang. Irgendwo muss eine Zusammenkunft zu Ende gegangen sein. Gegenüber, auf der anderen Straßenseite, zwischen „Fleischermeister Hahn" und dem roten Backsteingebäude der „Staatsbank der DDR", sieht sie einen jungen Mann, der wie ein Fotoreporter aussieht. Aus der umgehängten

Tasche lugt ein großer Fotoapparat hervor. Über der anderen Schulterhälfte trägt er ein Tonbandgerät. Den Typen hat sie noch nie in Greifswald gesehen. Und sie kennt eigentlich die einschlägigen Journalisten der hiesigen Tageszeitungen „Ostsee-Zeitung", „Norddeutsche Neueste Nachrichten", „Der Demokrat" und „Neueste Nachrichten".

„He, hallo! Bleiben Sie mal stehen!"

Mirjam läuft auf die andere Straßenseite. Der junge Mann dreht sich um. Als Mirjam sieht, dass er nicht viel älter als sie ist, entscheidet sie sich für das studentische „Du". Der Reporter zeigt sich erstaunt.

„Was ist los?"

„Ich muss mit dir reden. Ich habe ein Geheimnis zu verkünden, eine mögliche Sensation!"

„Hast du Honecker entführt?"

„Nicht ganz..."

Der junge Journalist schaut amüsiert: „Also, wenn du Honecker nicht entführt hast, was willst du dann von mir?"

„Wie heißt du?"

„Das geht aber fix bei dir. Ist wohl heute mein Glücktag? Ich heiße Bernd. Und du?"

„Mirjam."

„Jüdischer Name?"

„Was dagegen?"

„Nein, natürlich nicht. Also was ist los, Mirjam?"

„Ich habe ein Bild entdeckt, welches mit einer geheimnisvollen Übermalung versehen ist. Was sagst du nun?"

Bernd setzt seine schwere Fototasche vorsichtig ab, während er beim Sprechen das tragbare Tonbandgerät weiter festhält: „Was soll denn das? Ich dachte, du hast ein paar Hintergrundinformationen über eure Besetzung der Stasigebäude – darüber soll ich nämlich berichten - und nun kommst du mir mit einer angeblich geheimnisvollen Übermalung, die niemanden interessiert."

Er legt ihr väterlich die Hand auf die Schulter: „Glaub mir, selbst wenn jetzt eine sechsbeinige Kuh aus einem Zug steigen würde, wäre das heute keine Überraschung mehr."

Mirjam nimmt unwillig seine Hand von ihrer Schulter.

„Und du willst Reporter sein?", beginnt sie sich aufzuregen. „Von welchem Sender bist du überhaupt? Sender Jerewan? Aus dem Tal der Ahnungslosen? Ich komme dir mit einer exklusiven Neuigkeit, die mir andere Journalisten nur so aus der Hand reißen würden, und du hast nichts Besseres zu tun, als mich zu veralbern!"

„Wer hier wen veralbert, das fragt sich noch..."

Mirjams Augen sprühen wieder Feuer: „Weißt du, ich habe gerade meinen Ex verdroschen und ihn dann rausgeschmissen. Bin also bestens in Form!"

Kampfeslustig tänzelt sie mit erhobenen Fäusten vor ihm hin und her: „Komm her! Biet an...!"

„He, he, bleib ruhig. Niemand will hier rumdreschen. Also gut, was machen wir?"

„Ich zeig' dir das Bild, erkläre dir die Zusammenhänge, du machst eine Story draus."

„Wo ist es denn?"

„Na, in meinem Zimmer."

Bernd pfeift lüstern durch die Zähne.

„Nicht, was du denkst. Ich warne dich! Die Hände schön stillhalten, sonst gibt es ein Unglück. Ich schlage für gewöhnlich hart!"

Bernd ist von Mirjams unkomplizierten Art, ihm Schläge anzudrohen, beeindruckt.

„Ist okay, gehen wir..."

„Wir müssen das Bild erst von Frau Schulz holen. Ich habe es dort deponiert. Nur für den Fall, jemand will es mir abjagen."

Bernd kommt noch mehr ins Staunen. Was hat die temperamentvolle Unbekannte mit ihm vor?

„Von mir aus", gibt er sich großzügig. „Vorsicht ist die Mutter der Porzellankiste."

Sie steigen im großen Mietshaus die Stufen zu Mirjams Dachkammer hinauf, betreten ihr Zimmer. Mirjam bietet ihm Platz auf dem kleinen Stuhl am noch kleineren Tisch neben dem Fenster an: „Bin gleich mit dem Kunstwerk zurück!" Nun wird Bernd klar, dass er es hier mit einer Kunststudentin zu tun haben könnte.

'Das sind liebesfähige, aber sensible Menschen', stellt der Journalist für sich fest. 'Eigentlich muss man sich erst eine Weile mit ihnen beschäftigen, bevor sie einem ihr Vertrauen schenken. Warum geht das mit ihr hier so schnell? Steckt ein Trick dahinter?'

Für einen Moment unbeobachtet, lässt er sich gehen. Seine Augen funkeln plötzlich unberechenbar und wild in der Gegend herum.

Als Mirjam wenig später mit dem „Verliebten Mönch" von Czeslaw Krajewski von Frau Schulz zurückkommt, ist Bernd wieder ganz der liebenswürdige Journalist, der über die Stasi-Problematik recherchiert...

Und er staunt nicht schlecht, als Mirjam ihm unbefangen das Bild von Czeslaw Krajewski zeigt.

„Allmächtiger, allein die angebliche Übermalung ist ja Gold wert!"

Mirjam dreht nun das Bild um und zeigt ihm die alte Leinwand.

„Siehst du? Das Bild auf der Vorderseite ist jüngeren Datums als die Leinwand auf der Hinterseite. Und hier", sie hält das Bild ein wenig schräg, so dass das Tageslicht von der Seite auf die Oberfläche fällt, „die feinen Risse auf der Bildoberfläche könnten belegen, dass es sich um eine Übermalung handelt. Ein untrüglicher Beweis dafür, dass die Oberflächenfarbe sich abzulösen beginnt."

Bernd schwankt zwischen Begeisterung und Skepsis: „Du, Mädel, das ist toll und sehr interessant. Nur, was habe ich damit zu tun?"

Mirjam ist gerade dabei, kochendes Wasser aus ihrem Elektrokocher in zwei große Teepötte zu gießen: „Weißt du, was sich unter der Übermalung befindet?"

„Na, du wirst es mir gleich sagen? Ein neuer Picasso? Ein Miro? Ein Lichtenstein?"

„Nein, etwas, was die ganze Region in Aufruhr versetzen könnte; ein noch unbekannter Caspar David Friedrich! Jawohl, ein Friedrich! Sein erstes Ölbild von anno 1798! Und das ausgerechnet in seiner Heimatstadt Greifswald! Friedrich war in der Zeit für kurze Zeit in seiner Heimatstadt und höchstwahrscheinlich malte er hier das darunter liegende, übermalte Bild. Aber, was ist es? Wie sieht es aus? Na? Wie findest du das?"

„Nicht schlecht. Woher weißt du das alles?"

„Ich habe die glaubwürdige Nachricht erst vorhin erhalten."

Doch Bernd tut absichtlich so, als wäre die Nachricht für ihn keine Sensation. Mirjam lässt ihm noch eine Weile Zeit. Doch Bernd denkt nach und reagiert zunächst nicht. Daraufhin stellt sie den Kocher zurück und schlägt sich angesichts von Bernds angeblicher Begriffsstützigkeit mit der flachen Hand an die Stirn: „Oh, Mann, nun überleg doch mal! Hier in Greifswald taucht ein übermalter Friedrich auf. Wenn das wahr ist, gibt es einen Tumult unter den Fachleuten, als wenn jemand die 'Mona Lisa' geklaut hätte! "

Sie reicht Bernd einen dampfenden Teepott, nimmt auf ihrem Bett Platz: „Wir werden der Öffentlichkeit die Präsentation eines geheimnisvollen, unbekannten Bildes von Caspar David Friedrich ankündigen. Und du hilfst mir dabei. Du verbreitest die Info, darum habe ich dir davon erzählt.

Stell dir vor, viele echte und falsche Kunstkenner werden kommen, um das Bild zu sehen!"

„Wie, habe ich dich richtig verstanden? Du sagst der kunstinteressierten Welt, es würde hier unter einer Übermalung ein neuer Caspar David Friedrich präsentiert werden?"

„Nu, genau so", nickt sie eifrig, „hast ganz richtig begriffen."

„Auweia, dies naive Liebchen. Was, wenn unter dem Original gar kein Bild existiert? Und außerdem, wie willst du das alles rechtlich unter einen Hut bringen?"

„Bernd, ich schwör's dir. Es ist ein Bild darunter. Die alte Leinwand ist bemalt! Hier sieh doch die Farbreste und die Flecken! Und ich habe die Topinformation, dass darunter ein CDF ist. Der, der sie mir gesteckt hat, kann in diesem Fall nicht lügen."

„So, wer könnte denn dieser jemand sein? Euer Oberbürgermeister? Weißt du, wenn ich etwas für dich tun soll, musst du mir auch klaren Wein einschenken. Zumindest, dass ich abschätzen kann, ob sich der ganze Aufwand lohnt."

„Da gibt es wahrscheinlich ein mieses Syndikat, welches zusätzlich abkassieren will. Zunächst kenne ich davon nur meinen Lehrmeister Prof. Wieseneck und seinen verklemmten Sohn Axel, der alles für seinen Alten macht. Die beiden Unglücksvögel wohnen in Eldena und wollen dort ganz alleine ihr Süppchen mit dem Friedrich kochen."

„Aha..."

"Jawohl, Kunst ist für alle da, gehört ins Museum und nicht in den Safe einiger reicher Millionärssäcke."

„Schön, Mirjam, und wenn darunter ein ganz mieses Bild von einem drittklassigen Maler zum Vorschein kommt und du hast dieses Klassemotiv für immer zerstört?"

„Unsinn. Das ältere Bild ist immer wertvoller als die jüngere Arbeit, glaub mir. Außerdem stimmt das mit dem Caspar David Friedrich und ich gehe das Risiko ein. Wir präsentieren einen unbekannten CDF. Das haut alle vom Hocker."

Bernd ist mittlerweile damit beschäftigt, ein Foto von der hübschen Mirjam zu machen: „Mein Gott, wie hartnäckig du bist! Hat das außer Kunst- und Menschenliebe noch einen anderen Grund? Also gut: Du packst ein paar Sachen zusammen und ziehst zu mir ins 'Boddenhus'."

„Könnte dir so passen, Bettgeschichten gibt es bei mir nicht."

„Mensch, überlege doch mal die kriminelle Energie deines Syndikats. Meinst du, du kannst hier in Ruhe den Caspar David Friedrich ausbuddeln? Du packst jetzt ein paar Sachen zusammen und ich fahr' dich ins Hotel. Und vergiss nicht, das Bild mitzunehmen! Hier ist es nicht mehr sicher! Wenn ich dich dort mit dem Bild abgesetzt habe, wartest du in der Vorhalle auf mich, ja? Ich habe noch etwas zu tun und komme dann so schnell wie möglich nach. Später werde ich über die Agentur von der möglichen Entdeckung eines unbekannten Caspar David Friedrich berichten. Ich muss zuvor noch zum Stasi-Gebäude in die Domstraße. Ein Bürgerkomitee hat die dortige Zentrale besetzt und Volkssiegel auf die Panzerschränke mit den Stasi-Unterlagen gedrückt. Mal sehen, ob die Stasi sich das gefallen lässt oder ob es jetzt zum großen Knall kommt."

Mirjam stellt ihren Teepott beiseite und steht auf. „Klar. Ach übrigens", sie fasst Bernd zart an die Schulter, „danke."

Bernd tätschelt ihre Hand auf seiner Schulter: „Ist schon okay. Wir schaffen das schon..."

„Warte", sagt Mirjam vertrauensvoll zu ihm, zieht sich die Winterjacke an, nimmt dann das Bild vorsichtig an sich. Bernd beobachtet sie dabei mit erneut wild rollenden Augen...

Sie verlassen ihre Dachkammer, gehen die Treppen hinunter und treten auf die Gützkower Straße hinaus. Es hat sich gegen Abend abgekühlt. Bernd hat seinen alten Wartburg 912 auf einer Parkfläche zu stehen, wo vor kurzem noch ein Haus stand. Er steigt ein, macht Mirjam von innen die Beifahrertür auf, lässt sie dann ebenfalls einsteigen. Dann fährt er die Gützkower Straße hinunter, biegt links in die Wiesenstraße ein, überquert die Arndtstraße und stoppt an der Kreuzung Dr.-Wilhelm-Külz-Straße (jetzt Lange Reihe). Er fährt links rum bis zur Europa-Kreuzung, dann die Wolgaster Straße bis zum Volkstadion hinaus. Davor befindet sich Greifswalds erstes Haus am

Platz, das „Boddenhus". Hier lässt er Mirjam aussteigen.

„Bis später und pass auf den Friedrich auf!"

Als Mirjam die Hotelvorhalle betritt, spielen ihre Gefühle fast verrückt. Am liebsten möchte sie schreien: He, Leute, lasst Demo Demo sein! Hier findet etwas statt, was die Kunstwelt bislang noch nicht gesehen hat. Ich habe hier unter der Übermalung einen echten noch nie gesehenen Caspar David Friedrich!

Dann setzt sie sich mit dem überdeckten Bild auf einen Sessel in der Nähe einer großen Blumendekoration, von der sie unentdeckt den Hoteleingang beobachten kann.

Es ist schon spät, als Bernd endlich kommt. Mirjam reagiert verständlich sauer: „Mensch, wo bleibst du denn?"

Doch Bernd tönt plötzlich, wie ausgewechselt, laut an der Rezeption: „Was ist, hat meine Kollegin schon ihr Zimmer klargemacht? Nein? Na, so was..." Er zückt seinen Presseausweis und deutet dann mit dem Kopf in Richtung Mirjam: „Hier, sehen Sie, sie läuft eine Weile bei mir mit, bis sie auf eigenen Füßen stehen kann und die Agentur sie auf die Menschheit loslässt. Sie verstehen was ich meine? Die Gutste braucht aber ein Extrazimmer. Sie weiß noch nicht, dass Journalisten nicht schlafen, ha, ha, ha..."

„Da muss sie sich aber extra anmelden."

Bernd hält der Rezeptionsdame den Ausweis direkt vor die Nase: „Na, dann schreiben Sie mal in aller Ruhe die Anschrift der hier aufgeführten Agentur ab." Dann klappt er den Ausweis wieder zu: „Die Agentur hatte hier zwei Einzelzimmer gebucht."

„Es ist aber nur eins gebucht worden."

„Jetzt sind es zwei, Verehrteste. Wie Sie sehen, hat sich Volontärin Margitta etwas verspätet und ist erst heute angereist."

Bernds selbstbewusster Ton hat, in Verbindung mit dem Presseausweis, bei der Rezeptionsdame Wirkung hinterlassen. Um keinen Ärger zu provozieren, gibt sie ihren Widerstand auf. Sie macht auf dem Anmeldeformular aus einem nun zwei Einzelzimmer, reicht dann mit einem bittersüßen Lächeln die Zimmerschlüssel über den Tresen.

„Einen schönen Aufenthalt, die Herrschaften!"

„Den werden wir haben", bestätigt Bernd.

Rasch führt Bernd Mirjam vom Rezeptionstresen weg.

„Warum hast du mich unter falschem Namen einchecken lassen?", fragt sie erstaunt.

„Ganz einfach. Ich möchte, dass du in Ruhe diese außergewöhnliche Bildvorstellung von hier aus vorbereiten kannst. Das wird doch eine wichtige Sache, oder? Hast du dir schon darüber Gedanken gemacht, wo sie stattfinden wird?"

Er zwinkert ihr zu, nimmt ihr dann die Tasche mit den Klamotten ab, so dass sich Mirjam besser um das Bild kümmern kann.

Als sie sich wenig später in einem gut eingerichteten Hotelzimmer, mit Radio und Telefon, wiederfindet, wird ihr zum ersten Mal bewusst, dass sie sich auf ein Abenteuer eingelassen haben könnte. Es ging doch alles plötzlich sehr schnell vonstatten. Unfreiwillig befindet sie sich von einem Augenblick zum anderen in der Defensive. Bernd agiert und sie reagiert. Wo war er wirklich, als er sie in der Hotelvorhalle so lange warten ließ? Von der angeblichen Stasi-Besetzung in der Domstraße hat er bislang nichts erzählt!

Sie schaltet das Radio ein. Die Lautsprecherstimme verkündet: „Die Teilnehmer des Runden Tisches treffen sich aus tiefer Sorge um ein in eine Krise geratenes Land, seine Eigenständigkeit und seine dauerhafte Entwicklung. Sie fordern die Offenlegung der wirtschaftlichen, finanziellen und ökologischen Situation in diesem Land. Obwohl der Runde Tisch keine parlamentarische oder Regierungsfunktion ausüben kann, will er sich mit Vorschlägen zur Überwindung der Krise an die Öffentlichkeit wenden. Er fordert von der Volkskammer und der Regierung, rechtzeitig vor wichtigen Rechts-, Wirtschafts- und finanzpolitischen Entscheidungen informiert und einbezogen zu werden. Er versteht sich als Bestandteil der öffentlichen Kontrolle in diesem Land. Geplant ist, seine Tätigkeit bis zur Durchführung freier, demokratischer und geheimer Wahlen fortzusetzen..."

Mirjam stellt das Radio wieder aus, verlässt ihr Zimmer und klopft an der Tür von Bernds Zim-

mers nebenan. Sie wartet nicht bis Bernd „Ja"
ruft, sondern geht einfach hinein: „Hast du's auch
im Radio gehört?"

„Und ob! Damit werden die Massen doch nur ru-
higgestellt. Sie sollen von der Straße wieder zurück in die Häuser."

„Du bist unmöglich", ereifert sich Mirjam, „da ist
mal echte Demokratie im Gange und du redest
alles schlecht."

„Na, und? Ihr – ich meine wir wissen doch gar
nicht, wie das System drüben funktioniert. Das
System hier geht krachen, nicht das drüben."

„Ja und zum ersten Mal in der Geschichte der
Menschheit gewinnt das vorherige System und
nicht das Nachfolgende. Geht das nun immer so
weiter? Bekommen wir nach dem Kapitalismus
nach einer Weile den Feudalismus mit Monarchie,
mittelalterlichen Ansichten und Riten wieder?"

„Das ist nun mal Demokratie: Alle dürfen alles
sagen und alles tun, wenn es nicht ausdrücklich
verboten ist. Selbst feindliche Äußerungen gegen
den Staat werden gesetzlich durch das Recht auf
persönliche Meinungsfreiheit gedeckt."

„Unvorstellbar. Und das soll auf Dauer gut gehen?
Da wird doch nur gequatscht und alles zerredet,
weiter nichts."

Bernd stellt sich nun direkt vor Mirjam, so dass
sie seinen Atem spüren kann. Vorsichtig küsst er
ihr versöhnlich auf die Nasenspitze: „So schlimm
wird es schon nicht werden."

Sein Schachzug hätte nicht besser sein können, denn die verunsicherte Mirjam scheint darauf gewartet zu haben. Wie in einem Anfall von Zärtlichkeit und Liebe schlingt sie ihre schlanken Arme um seinen Hals und küsst ihn fest auf den Mund. Während ihres leidenschaftlichen Kusses packt er sie in den Kniekehlen, so dass er sie auf seinen Armen tragen kann, während sie unbeirrt zärtlich weiterküsst. Zärtlich legt er sie auf seinem Bett ab, beobachtet entzückt, wie sie sich elegant darauf räkelt.

„Was ist", flüstert Mirjam, „willst du nicht weitermachen?"

Willig lässt sie sich von ihm entkleiden, hebt die Arme, damit er ihr den Pullover ausziehen kann, er dreht sie schließlich auf den Bauch, um ihr den BH öffnen zu können. Dann nimmt sie seinen Kopf und drückt ihn mit einem leisen, aber ergriffenen Seufzer gegen ihre Brust. Als er ihre Warzen zu liebkosen beginnt, werden sie rasch steif und fest. Ein paar liebevolle Berührungen später weiter und Bernd zittert vor Freude und Wollust, als er Mirjams Weichheit spürt...

Doch das Mädchen wird plötzlich mitten in der Nacht wach. Die Nachttischlampe brennt immer noch. Sie waren nach weiteren heftigen Liebesspielen schließlich erschöpft eingeschlafen. Bernd liegt wie tot neben ihr. Er schläft ruhig und erschöpft wie ein Kind, das den ganzen Tag am

Strand in der frischen Luft gespielt hat. Mirjam ist schon wieder hellwach.

Unbändige Neugierde breitet sich plötzlich in ihr aus. Was ist er eigentlich für ein Typ? Er ist lieb und nett und hat auch gleich geholfen. Doch diese Eincheckaktion kommt ihr sehr seltsam vor. Er heißt Bernd. Schön, und wie weiter?

Mirjam steht langsam und vorsichtig auf. Bernd schläft den Tiefschlaf eines sexuell Befriedigten. Ungestört kann sie in seinen Sachen kramen. Endlich findet sie das, was sie gesucht hat: seinen ominösen Presseausweis, der sogar die Rezeptionsdame dazu gebracht hat, sie, Mirjam, als Volontärin Margitta einzuchecken. Mirjam klappt das Dokument auf. Sie zeigt sich angesichts der Eintragung von Bernd Ziener als Mitarbeiter der „Nachrichtenagentur Reuters" nicht sonderlich überrascht. Also ein Westdeutscher, ein Wessi, wie die Leute neuerdings sagen. War schon komisch, wie abgeklärt er über all die Dinge sprach. Sicherlich wird er von seiner Agentur überall dort hingeschickt, wo sich ein politischer und gesellschaftlicher Umsturz abzeichnet. Eine Art journalistische Feuerwehr. Sie nimmt den Presseausweis in die rechte Hand und hält ihn hoch, wie es die amerikanischen Cops in den Kinos tun, während sie dem festgenommenen Täter die Rechte vorlesen. Dann brüllt sie amüsiert los: „Achtung! Hände auf den Rücken! Sie sind verhaftet! Ich lese Ihnen jetzt Ihre Rechte vor! Sie haben das Recht zuschweigen, alles, was Sie sagen, kann und wird vor Gericht gegen Sie verwendet werden! Sie haben das Recht einen Anwalt hinzuzuziehen! Sollten Sie sich keinen leisten können, wird Ihnen ein Pflichtverteidiger zugewiesen!"

Bernd wird augenblicklich wach. Er springt auf, greift verstört nach seinem Presseausweis, den Mirjam amüsiert hin- und herwedelt: „Gib ihn her! Das ist ein amtliches Dokument und hör auf rumzubrüllen! Bist du närrisch?!"

„Was ist das und wo kommst du her?!"

„Siehst du doch, aus Karlsruhe!"

Mirjam lässt augenblicklich wieder eine von ihren gefürchteten Schlagfolgen auf Bernd niederprasseln: „Wieso hast du es mir nicht gleich gesagt, du Mistkerl!"

Doch Bernd ist aus einem anderen Holz geschnitzt als Axel. Er hält kurzerhand ihre Arme fest, so dass sie mit ihren Händen nicht mehr weiterprügeln kann: „Wann sollte ich es bitte schön dir sagen? Du warst ja kaum zu stoppen mit deiner Sensationsnachricht von diesem angeblich übermalten Caspar David Friedrich."

„Was machst du eigentlich hier in Greifswald?"

„Dumme Frage. Gerade bricht ein ganzes Weltsystem zusammen, dem Zusammenfall des antiken römischen Weltreiches vergleichbar, und du fragst, was ich als Nachrichtenjournalist hier mache? Die DDR ist erledigt. Der 9. November war ihr Todesstoß. Und der Ostblock fällt nach dem Dominosteinprinzip mit. Seid ihr wirklich so naiv zu glauben, die DDR wird es in irgendeiner Form weiterhin geben? Bei uns stehen die Unternehmer schon in den Startlöchern. Es geht um Absatzmärkte im Osten und um 16 Millionen neuer Konsumenten, die gewonnen werden wollen. Sie bringen euch den Kapitalismus und nicht Caritas. Ihr seid doch gar nicht gewappnet für das Haifischbecken freie Marktwirtschaft und aggressive Werbestrategie."

„Du Miesmacher! Die Menschen hier sind so voll Hoffnung! Sie wollen ein neues Leben beginnen, frei sein und sich endlich etwas leisten."

„Das geht aber nur, wenn sie auch Arbeit haben."

Mirjam wirft Bernd ein Kissen ins Gesicht: „Spielverderber! Ich glaub' dir nicht. So schlimm wird es schon nicht kommen."

Doch der westdeutsche Reuters-Journalist schafft es sie zu beruhigen: „Komm, zurück ins Bett. Es ist nach Mitternacht. Und morgen jagen wir die Nachricht von dem unbekannten Caspar David Friedrich um die Welt, okay?"

10. Kapitel – Greifswald 1990

Anfang Dezember 1989 erreicht die immer noch friedliche Revolution einen neuen Höhepunkt. Die gesellschaftlichen Umwälzungen sind jetzt unumkehrbar geworden.

Am 7. Dezember 1989 tritt Egon Krenz als Staatsratsvorsitzender zurück. Nachfolger wird Prof. Manfred Gerlach von der LDPD, den DDR-Liberalen. Die SED benennt sich in PDS um. Zahlreiche westdeutsche Politiker besuchen zu Gesprächen und öffentlichen Auftritten das Gebiet der DDR. Die Forderungen nach einer deutsch-deutschen Zusammenarbeit geraten immer deutlicher auf die Tagesordnung. Der Generalstaatsanwalt der DDR ermittelt gegen führende Repräsentanten des Landes wegen Korruption und Amtsmissbrauch. Auf den Demonstrationen wird deutlich, wie sich die DDR-Bevölkerung politisch polarisiert. Forderungen nach „Deutschland, einig Vaterland" und „Keine sozialistischen Experimente mehr" werden ebenso laut, wie kritische Töne, die vor einem drohenden Ausverkauf der DDR an den Westen warnen und gegen ein einfaches Überstülpen westdeutscher politischer und wirtschaftlicher Verhältnisse über die junge „DDR-Demokratie" aufbegehren und die einen „Dritten politischen Weg" fordern. Die Silvester-Party am Berliner Brandenburger Tor gerät zu einem wahren Volksfest mit dem Willen zu einer deutschen Wiedervereinigung. Der Zentrale Runde Tisch setzt am 3. Januar 1990 seine politische Arbeit des Ausgleichs fort.

In der DDR beginnt mit dem neuen Jahr ein bis dahin für dieses Land unbekannter, brutaler Wahlkampf.

Der umtriebige Nachrichten-Journalist Bernd Ziener hat es geschafft. Seine brisante Meldung um die mögliche Existenz eines neuen, noch unbekannten, Caspar David Friedrich wird von zahlreichen, auch internationalen Kunstmagazinen und Zeitschriften gekauft und übersetzt.

„Wie ein Mitarbeiter unserer Nachrichtenagentur aus gut informierten Kreisen erfahren hat, dürfte eine demnächst stattfindende außergewöhnliche Präsentation eines geheimnisvollen, unbekannten Kunstwerkes von Caspar David Friedrich in der Universitätsstadt Greifswald für Aufsehen sorgen. Noch ist der unbekannte Caspar David Friedrich von diesem nebenstehend abgebildeten Motiv „Der verliebte Mönch" des polnischen Künstlers Czeslaw Krajewski übermalt. Darunter soll sich nun angeblich Friedrichs erstes Ölbild befinden, welches der Künstler im Frühjahr 1798 nach seinem Kopenhagen-Aufenthalt in seiner Heimatstadt malte. Wer kann Angaben zu jenem polnischen Maler machen, der die Übermalung schuf und uns den Grund dafür nennen? Und was wird wirklich unter der Übermalung zum Vorschein kommen? Steht die Kunstwelt vor einer Sensation?"

Mirjam ist zufrieden. Sie will bald das Geheimnis um den geheimnisvollen Caspar David Friedrich unter dem „Verliebten Mönch" lüften.

Doch die Gegenseite um Professor Adalbert Wieseneck schläft nicht. Im Gegenteil. Mirjam hat sie nun aufgeweckt...

An einem trist-grauen Tag Anfang 1990 fährt aus Richtung Pasewalk kommend ein Zug in den Greifswalder Bahnhof ein. Ihm entsteigt ein alter Mann mit grauem Bart, welcher einen altmodischen Lederkoffer mit sich führt. Es ist Czeslaw Krajewski, der, aufgeschreckt durch die Nachricht einer internationalen Kunstfachzeitschrift, nun das weitere Schicksal seiner Übermalung verfolgen will. Außerdem möchte er die Machenschaften seines Hass-Freundes Adalbert Wieseneck in der Öffentlichkeit enthüllen und anprangern.

Der polnische Maler und Kunstwissenschaftler, Prof. Czeslaw Krajewski, nimmt wenig Notiz von den Wahlkampfplakaten an den Wellplastikwänden der Boxen des Busbahnhofs. In fließendem Deutsch fragt er einen Passanten nach einer Übernachtungsmöglichkeit.

„Da ist in Greifswald nicht viel zu machen", gibt dieser bedauernd zurück. „Ich kann Ihnen nur das Hotel „Boddenhus" am Volksstadion empfehlen. Dorthin gelangt man mit der Buslinie, die nach Wieck/Eldena rausfährt."

In Eldena, im Hause Wieseneck, erfährt Axel durch seinen Vater eine weitere Zurechtweisung, nachdem dieser im Kunstmagazin ebenfalls die Nachricht gelesen hat: „Bürschlein, Bürschlein, ich sage dir, wenn das Bild nicht innerhalb der nächsten 48 Stunden hier ist, veranstalte ich mit dir den III. Weltkrieg, haben wir uns verstanden?! Und woher hat Mirjam all die Informationen? Hast du etwa gequatscht? Ich warne dich! Bring den übermalten Friedrich hierher, egal wie! Solch eine unmögliche Präsentation darf auf keinen Fall stattfinden! Was hat sich diese Mirjam eigentlich dabei gedacht, die Sache an die große Glocke zu hängen? Ich frage dich nochmals, woher wusste sie von der Möglichkeit eines übermalten Friedrichs mit all den biographischen Details?"

Klatsch! Axel trifft eine mit dem Handrücken scharf geschlagene Maulschelle mitten ins Gesicht: „Von Dir etwa?!"

Der Geschlagene taumelt rückwärts, schweigt aber zu den Anschuldigungen. Er hofft nur inbrünstig, irgendwann klingelt ein Wecker und entlässt ihn aus diesem Alptraum...

„Hör jetzt zu! Du kannst deinen Fehler wieder gutmachen, wenn du Folgendes tust. Und wenn du es erneut vermasselst, dann..."

Zunächst verbringen Bernd und Mirjam zusammen eine wunderbare, aufregende Zeit. Sie fahren gemeinsam in die Stadt und Bernd macht Fotos von der verfallenen Innenstadt rund um Dom und Jacobikirche.

„Dass ihr euch nicht schämt, so ein Schandfleck", rügt Bernd.

„Mit der Pflege und Werterhaltung alter Bausubstanz war die DDR finanziell und ideologisch eindeutig überfordert."

„Privatisierung, dann Konsolidierung und Modernisierung", bedient Bernd verbal das Erfolgsrezept einer funktionierenden Marktwirtschaft im Westteil Deutschlands.

Schließlich lässt sich Mirjam in der Straße der Freundschaft, gegenüber der „Maritim-Bar", vor einer Galerie absetzen.

„Das ist die Galerie, die ich suche. Sie befindet sich immer woanders. Je nachdem, welches Haus noch intakt ist. Früher war da mal ein Bäcker drin."

Bernd blickt ernst, rollt plötzlich wieder mit den Augen und beobachtet dann alles sehr genau. Er lässt sich nicht anmerken, was er vorhat...

Mirjam steigt aus dem alten Wartburg 912, den sich Bernd zur Täuschung seiner wahren Identität als Westjournalist zugelegt hat.

„Also, wie abgemacht", sagt sie, „ich mach' die Bildpräsentation klar. Dann komme ich ins Hotel zurück, okay?"

„Und was machen wir dann?", fragt Bernd.

Mirjam lacht.

„Wie wäre es mit praktisch angewandter Sexualkunde?"

Bernd lacht nicht mit. Er bleibt ernst, schlägt die Tür auf Mirjams Seite zu und prescht mit dem 912er um die Ecke in Richtung Domstraße. Mirjam bleibt einen kurzen Moment brüskiert stehen. Doch dann überwiegt die Aufregung um den übermalten Caspar David Friedrich und sie übersieht Bernds seltsame Reaktion.

Hoffentlich glauben ihr die Galeristinnen. Und hoffentlich kennen sie jemanden, der fachkundig in aller Öffentlichkeit ein Bild von einer Übermalung freilegen kann. Immerhin hat sich der Maler des „Verliebten Mönchs" noch nicht gemeldet. Vielleicht der Künstler ist schon tot? Aber möglicherweise hat jemand das in der Zeitschrift abgebildete Bild gesehen, bevor es, laut Axels Aussage, von seinem Vater Adalbert Wieseneck versteckt wurde?

Vor der Galerie atmet sie kurz, aber tief durch. Dann betritt sie den mit grauer Auslegware bedeckten Verkaufsraum.

„Bitte, was wünschen Sie?", fragt sie freundlich eine der Galeristinnen...

Als sie wenig später die Galerie wieder verlässt, strahlen ihre Augen vor Freude. Sie hat es geschafft! Die Galeristinnen sind ihr in allen Fragen entgegengekommen. Nur ein Wermutstropfen im Glas der Freude hat sie nachdenklich gestimmt: Prof. Wieseneck wird als Kunstexperte von den Galeristinnen gesondert eingeladen und wird na-

türlich zur Lüftung der Übermalung dementsprechend vor Ort sein.

„Wir werden ihm vorschlagen, zu dieser Kunstsensation ein paar erklärende Worte zu sagen. Das
hat bei uns gute Tradition."

Mirjam wiegte ihren Kopf bedenklich hin und her,
dann nickte sie mit zugekniffenen Augen.

Sie wird wohl nicht drum herum kommen, dass
Prof. Wieseneck, im Zusammenhang mit dem
übermalten Friedrich der Urheber allen Übels,
persönlich bei der Bildpräsentation anwesend sein
wird. Doch dann hatte wieder die Vorfreude auf
die Präsentation eines unbekannten Caspar David
Friedrich überwogen.

„Was macht Sie denn so sicher, dass unter der
Übermalung wirklich ein echter Friedrich zu sehen sein wird?", hatte die Galeristin abschließend
gefragt.

„Ich kenne jemanden, der das Geheimnis um die
Übermalung kennt. Und dieser Jemand kann es
sich nicht leisten, mich anzulügen", hatte sie zwar
selbstsicher geantwortet, dabei aber abergläubisch
dreimal auf Holz geklopft.

Sie springt übermütig wie ein Kind kurz in die
Luft und begibt sich dann zur Bushaltestelle in der
Bahnhofstraße, gegenüber dem abrissbedürftigen
Koeppen-Haus, in welchem immer noch ein paar
Studenten hausen. Ob sie schnell noch die paar
Häuser weiter zu Frau Schulz geht, um ihr zu sa-
gen, dass sie sich keine Sorgen zu machen
braucht?

‚Nein, lieber nicht'.

Sie schüttelt den Kopf. Frau Schulz macht sich doch nur unnötig Sorgen.

Schon kommt ein Ikarus-Stadtbus und sie steigt ein. Sie findet einen Platz am Fenster, blickt mit ihren großen dunklen Augen durchs Glas hindurch in den einsetzenden Flockenwirbel.

'Ein übermalter Caspar David Friedrich zur Wendezeit! Passieren die wichtigen Dinge nicht oftmals leise und im verborgenen, wie die Geburt von Jesus Christus in einer unscheinbaren Höhle in der Nähe von Bethlehem? Ob man mit diesem Bernd Ziener eine Zukunft aufbauen kann? Immerhin wird es, wenn die DDR zusammengebrochen ist, wahrscheinlich hier drunter und drüber gehen.'

Sie will ihn fragen, ob er sie nicht in den Westen mitnimmt.

'Das Studium an den renommierten Universitäten von Tübingen und Heidelberg fortsetzen, wäre ein Traum.'

Und so steigt sie hoffnungsfroh aus und geht leichten Schrittes ins „Boddenhus".

„Aha, die Volontärin, Fräulein Margitta, wie schön, dass sie nun endlich auch kommen. Wollen Sie nicht Ihr Zimmer räumen und bezahlen?", wird sie von der Rezeptionsdame empfangen.

„Ich, mein Zimmer räumen und bezahlen? Wie komme ich dazu! Wir bleiben noch eine Weile!"

„Nun, das wird wohl schlecht gehen. Ihr Kollege hat nämlich ausgecheckt und ist abgereist. Er sagte, sie würden die Rechnung bezahlen, das sei okay so und alles abgesprochen."

Mirjams Gesichtszüge entgleisen. Wie von der Tarantel gestochen rennt sie zu ihrem Zimmer, stößt den Schlüssel ins Schloss, schließt auf, stürmt hinein und fetzt ihr Bettzeug weg. Dann durchdringt ein entsetzter Schrei aus ihrem Mund das Hotel! Der übermalte Caspar David Friedrich ist weg!! Mirjam schlägt die Hände vors Gesicht: „Dieses Schwein...!"

Sie rast hinunter zur Rezeption: „Seit wann ist Bernd Ziener verschwunden? Wie kommt er in mein Zimmer? Hatte er etwas Großflächiges unter dem Arm?"

„Tja, also, wenn das so ist, dann haben Sie heute nicht Ihren Glückstag. Alexander Larenz..."

„Alexander Larenz?!"

„Ja, Alexander Larenz hat vor einiger Zeit ausgecheckt und ist dann mit einem Westauto – ich kenne die Marken nicht so – davongefahren. Wie schon gesagt, behauptete er, Sie wüssten über alles Bescheid."

„Von wegen Bernd Ziener! Der Scheißkerl hat mir einen falschen Presseausweis gezeigt! Wie ist er denn in mein Zimmer gekommen?"

„Er sagte, er müsse aus dem Zimmer seiner Volontärin noch ein paar Sachen Recherchematerial holen. Warum sollten wir ihm nicht glauben? Er hatte sich doch als Pressevertreter, als Alexander Larenz, eingeschrieben."

„Deshalb durfte ich also nicht selber einchecken..."

Die Rezeptionsdame macht nun große Augen:
„Was haben Sie denn? Ist Ihnen nicht gut? Soll
ich Ihnen ein Glas Wasser holen?"

Um Mirjam dreht sich alles. Ohne sich abstützen
zu können, knicken ihre Beine ein und lassen ihren Körper, neben der Rezeption, hart auf den
Boden aufschlagen...

Als sie wieder zu sich kommt, nimmt sie ver-
schwommen ein unscharfes Gesicht wahr, welches sich erst langsam, wie beim Einstellen einer
Fotolinse, vor ihren Augen verschärft. Ein paar
neugierig-erschrockene Augen aus einem älteren
Gesicht blicken sie an. Sie sitzt in einem Sessel im
Empfangssaal des Hotels und verspürt einen starken Durst.

„Na, endlich, junges Fräulein, geht es Ihnen wieder gut?"

Mirjam strafft ihren Oberkörper: „Wer sind Sie?"

Der alte Mann deutet höflich eine Verbeugung an:
„Verzeihung, ich vergaß mich vorzustellen. Czeslaw Krajewski, emeritierter Professor für Kunst..."

Rums! Mirjam fällt erneut in Ohnmacht. Krajewski bekommt große Augen: „Aber für meinen
Namen kann ich doch nichts..."

„Die ist schwanger", vernimmt Mirjam von Ferne
die Rezeptionsdame, „und der Kerl hat sie gerade
sitzen lassen. Na ja, Männer..." Die Rezeptionsdame vollzieht die berühmte, wegwerfende Handbewegung über die Schulter.

Bald wird Mirjam von einem stechenden Geruch geweckt. Vor ihr stehen Czeslaw Krajewski, die Rezeptionsdame und ein paar Hotelgäste. Ein Mann hält ihr aus einem DRK-Koffer eine zerbrochene Ammoniakampulle unter die Nase. Der stechende Geruch lässt sie zurückzucken und langsam wieder klar werden.

„Na, endlich, nun muss sie aber mal Farbe bekennen, wie es weitergehen soll. Wer soll denn die Hotelrechnung des Herrn Larenz bezahlen...?"

„So jung und schon so fertig auf den Röhren..."

„Vielleicht nimmt sie diese komischen Drogen aus dem Westen. Die kommen ja auch bald hierher, jetzt wo die Grenzen offen sind. Schöne Bescherung..."

„Quatsch, scheren Sie doch nicht alle über einen Kamm..."

Doch nun meldet sich energisch die Stimme des polnischen Professors: „Nun lassen Sie doch die junge Dame in Ruhe. Sie wissen doch gar nicht, was passiert ist." Er wendet sich Mirjam zu: „Pardon, habe ich Sie durch meine Anwesenheit erschreckt?"

Mirjam richtet sich auf. Sie ist von der Höflichkeit Czeslaw Krajewskis angetan und kann deshalb auch wieder lächeln: „Es geht mir wieder besser." Dann wirft sie den umherstehenden Klatschmäulern einen vernichtenden Blick zu: „Und Sie reden mir kein Kind in den Bauch, ja?!"

Czeslaw Krajewski reicht ihr die Hand: „Das ist aber schön. Wissen Sie, ich habe mir um Sie ernstlich Sorgen gemacht. Junge, hübsche Frauen vergessen oftmals das Essen und dann fallen sie um."

Mirjam kichert amüsiert. Sie hält die Hand vor den Mund, wie eine Kind, welches gerade bei einer Peinlichkeit erwischt wurde. Sie nimmt seine Einladung zu einem Essen im Hotelrestaurant bereitwillig an.

Als die Vorspeise, die obligatorische Soljanka, serviert wird, fasst sich Mirjam ein Herz: „Herr Professor, ich möchte Sie bitten, mich in den nächsten zehn Minuten nicht zu unterbrechen. Es geht nämlich um Ihr Bild und um diese Übermalung. Ich habe unter ziemlich dramatischen Umständen davon gehört und damit gerechnet, Sie irgendwann persönlich kennen zu lernen. Immerhin sind Sie so etwas wie der Knackpunkt in dieser Geschichte. Ich möchte Ihnen jetzt erzählen, was ich mit Ihrem übermalten Friedrich zu tun habe. Wie ich ihn fand, was ich mit ihm vorhabe und wie die Abbildung Ihrer Übermalung in das Kunstmagazin gelangte..."

Krajewski nippt an seinem Weinglas und hört interessiert zu.

Als Mirjam endet, schweigt er eine Weile. Dann hebt er den Kopf. Stolz und ein wenig Wut sprechen aus seinen Augen: „Mit geht es nicht um die Übermalung. Ich glaube nicht, dass sie von besonderem Wert ist. Ich habe sogar angenommen, dass dieser unglückselige Adalbert Wieseneck sie schon längst entfernt hat, um den Friedrich zu verhökern. Deshalb meine Überraschung, als ich davon in der Fachpresse las." Nun nimmt der Professor aus Polen Mirjams Hände: „Liebes Kind, eigentlich will ich dasselbe wie Sie. Die Übermalung fachgerecht entfernen und der Nachwelt einen bislang unbekannten Friedrich überlassen. Und dazu noch ein sehr ergreifendes, ungewöhnliches Bild von Friedrich. Sie müssen wissen, dass meine Übermalung vielleicht nur entfernt mit der eigentlichen Geschichte zu tun haben könnte. Caspar David Friedrich, der Landschaftsmaler, kann sich unmöglich solch eine dramatische Geschichte ausgedacht haben. Jemand hat sie ihm vermutlich erzählt und er hat sie mit den Mitteln seiner Kunst so aufgemalt. Seltsam, dass Friedrich als wahrscheinlich erstes Bild eine solch dramatische Szene schuf. Es hat sie mit höchster Wahrscheinlichkeit während seines Greifswald-Aufenthaltes anno 1798 vollbracht und dann dort versteckt, wo Adalbert Wieseneck sie fand. Dessen bin ich mir sicher."

„Wir sind uns also einig, Herr Professor?"

„Ja, natürlich, alles geschieht so, wie von Ihnen vorgeschlagen. Auch das in der Galerie...!"

„Fein, ich freue mich", Mirjam zieht freundlich lächelnd ihre Hände aus denen von Prof. Krajewski, trinkt dann den vor ihr stehenden Wein aus. Doch Krajewski äußert mit nachdenklicher Mine noch ein paar Bedenken: „Wichtig ist, dass das Bild zur Präsentation vorhanden ist. Sonst stehen Sie als hoffnungslose Lügnerin da."

„Wir müssen die wenige Zeit nutzen, um das Bild zu finden."

„Sie müssen diesen Journalisten finden, der das Bild wahrscheinlich außer Landes schaffen will. Das wird für ihn gar nicht so schwer sein. Die offene Grenze macht nun vieles möglich." Dann sieht er seiner neuen Verbündeten in die Augen: „Was machen Sie nun?"

Mirjam strafft sich: „Ich gehe nach Hause und schlafe dort. Ich möchte Sie bitten, mir vielleicht, solange ich..."

„... ist schon geschehen. Sonst hätte sich die Dame vom Empfang schon gemeldet. Mein Gott, ein Eimer Zlotyscheine für zwei Übernachtungen. Was haben wir in Polen bloß für eine Währung..."

„Danke, das ist sehr nett von Ihnen, Herr Professor."

Sie steht auf, geht um den Tisch herum und gibt dem Alten einen gehauchten Kuss auf die Wange.

„Wie schön ihr jungen Mädchen das immer könnt", bemerkt leicht errötend der Kunstprofessor.

„Ich denke, wir sollten die Präsentation auf keinen Fall jetzt absagen", fährt Mirjam fort, als sie sich wieder auf ihren Platz gesetzt hat. „Auch wenn ich das Bild jetzt nicht habe. Es kann noch viel geschehen und spätestens dort wird sich der Täter – es kommt ja nur dieser Larenz in Frage – garantiert sehen lassen."

„Warum vermuten Sie das?"

„Ich kann mir nicht vorstellen, dass dieser super-
neugierige Journalist sich diese Chance einer Präsentation eines Bildes von Friedrich - ohne Bild –
entgehen lassen wird. Seine Neugier wird ihm
zum Verhängnis werden. Er wird da sein, schon
deshalb, um mich angeblich leiden zu sehen. Und
wenn ich ihn sehe, informiere ich die bestellte
Polizei und sie haben Dieb und Hehler."

11. Kapitel – Greifswald gleiche Zeit

Es klopft an der Haustür des Einfamilienhauses von Wieseneck, obwohl daneben ein Klingelknopf angebracht ist. Ein Mann steht im Scheinwerferlicht seines Autos und er hat ein in Decken eingehülltes Bild unter dem Arm.

Es ist Alexander Larenz, der sich Mirjam gegenüber als Bernd Ziener ausgegeben hat, bevor er ihr das Bild stahl.

Nun klopft er deutlich lauter, schlägt mit der Faust gegen die Türfüllung, so dass sie federt und es drinnen im Hausflur bullert. Dazu rollt er wieder mit seinen Augen, als würde er verfolgt.

„Ja, doch, verdammt, wer da?", vernimmt Alexander von innen die Stimme von Adalbert Wieseneck. Dann knirscht umständlich im Schloss ein Schlüssel und die Haustür wird geöffnet. Vater Wieseneck schlägt sogleich einen Arm vor das Gesicht. Die Scheinwerfer blenden ihn.

„Nehmen Sie das weg, wir sind doch nicht beim Verhör. Wer sind Sie und was wollen Sie?"

Larenz steht wie der unheimliche Schatten eines Außerirdischen im Scheinwerferlicht. Die Lichtstrahlen zeichnen einen blendenden Heiligenschein um die Konturen seines Körpers. Es sieht aus, als brenne er. Nun schlägt er die Decke zurück und zeigt Adalbert Wieseneck seinen Schatz, den übermalten Caspar David Friedrich! Der Professor kreischt wie von Sinnen auf: „Da ist er! Der Friedrich! Er hat den Friedrich, meinen Friedrich!

Du Schuft, gib ihn mir her. Du verdammter Dieb, gib mir mein Eigentum zurück!"

Doch eine gewaltige Ohrfeige lässt den Gierigen zurück in den Hausflur taumeln.

„Ich bestimme, was geschieht!" meldet sich die dunkle Stimme von Alexander Larenz aus dem gleißenden Gegenlicht der Scheinwerfer.

Prof. Wieseneck ist vom Auftreten von Alexander Larenz zunächst beeindruckt: „Ja, ja, kommen Sie herein!"

Wortlos lässt er den Fremden in sein Arbeitszimmer eintreten, streckt dann sofort die Hand nach dem Bild aus: „Zeigen Sie her!"

Und Alexander Larenz überlässt ihm, nicht ohne Hintergedanken, die Krajewski-Übermalung auf dem Caspar David Friedrich! Wieseneck kreischt vor Freude auf, als er den Rahmen in seiner Hand spürt. Ein Gefühl von Vergangenheitsfreude durchströmt ihn. Er hat das Bild und alles andere ist ihm egal. Doch die Freude währt nur ein paar Sekunden, denn das wohlbekannte Klicken des Entsicherungshahns eines Revolvers lässt ihn verstummen. Der Professor schaut in das schwarze, tödliche Loch des Laufes der Waffe.

„Du Dreckskerl, hast für einen unechten Schinken doch nicht etwa Mirjam umgebracht?", Wiesenecks Stimme klingt resigniert.

Larenz schüttelt den Kopf: „Geschäfte, mein Lieber, wir machen jetzt Geschäfte."

Dann drückt er dem überraschten Professor den Lauf gegen die Stirn. Der Bedrohte beginnt angstvoll wie ein Hund zu hecheln.

„Na schau mal an, kaum sind die Grenzen zum Westen offen, geht's schon los mit der Kriminalität...", bemerkt Larenz zynisch.

„Ich gebe das Bild nicht her, es ist mein Leben", Wienecks Stimme zittert vor Wut.

„Du Depp, dann wird es eben dein Tod sein!"

„Nicht doch, nicht... Gibt es keinen anderen Weg? Eine Verkaufsbeteiligung beispielsweise. Ich verkaufe den wertlosen Schinken und beteilige dich mit, sagen wir, 15 Prozent..."

Ein Schlag von Larenz mit der geballten Faust, in welcher er den Revolver hält, mitten ins Gesicht des Professors, lässt diesen zur Erkenntnis kommen, dass der Vorschlag nicht gut war. Der Geschlagene stöhnt auf, taumelt nach hinten, kann sich aber rechtzeitig abfangen.

Larenz grinst: „Wir werden ins Geschäft kommen. Aber nach meinen Regeln. Mirjam hat allerhand Hintergrundinformationen zu dieser Übermalung ausgeplaudert. Nur, ich glaube nicht so richtig daran."

„Darunter ist auch nichts", versichert ängstlich der Professor. Doch es klingt nicht überzeugend, denn Wieneck beißt sich unsicher auf die Lippen.

Krach! Larenz schlägt ihm diesmal blank den Revolverkolben über den Schädel.

„Aua! Schwein!" Wieseneck zieht den Kopf ein, versucht mit der hochgenommenen Hand weitere Schläge abzuwehren.

Larenz bleibt ungerührt: „Und nun lass für das Bild Kohle rüberwachsen oder ich mach' dich zum ersten Wendeopfer der Geschichte! Ich will nämlich bald wieder rübermachen. Aber...", er reibt Zeigefinger und Daumen aneinander, „wenn möglich in Begleitung von hübschen, bunten Scheinchen."

„200 Mark, mehr ist der Kitsch doch nicht wert. Darunter ist nichts. Glaub mir..."

Klatsch! Eine gewaltige Ohrfeige schüttelt Wieseneck so durch, dass der Kopf nach hinten fliegt.

„Mach mich nicht wütend, du Magengeschwür. Mirjam hat mir alles erzählt! Immerhin habe ich die Meldung im Kunstmagazin durch die Länder gejagt."

Noch ein Schlag und noch ein weiterer sausen auf den Professor nieder. Schließlich ist er weichgeklopft und lässt sich zu Boden sinken: „Okay, tausend, mehr ist ein abgesoffener Caspar David Friedrich heute nicht wert. Das Bild unter der Übermalung ist völlig im Eimer, glaub mir."

„Wieso? Ich bin da fein raus. Der schwarze Peter liegt nun bei dir. Und wenn die Präsentation ein Flop wird, kannste dich einbuddeln lassen, so ist das!"

„Um Himmels Willen, nein!" Wieseneck überlegt: „Zweitausend, und Du warst nie hier."

„Zehntausend und ich nehme die Knarre weg!"
„Das ist Erpressung!", flucht der Professor, „10 000 Mark für eine leere Leinwand, mach dich doch nicht lächerlich."
„Zehntausend oder ich bekomme einen Krampf im rechten Finger. Wäre schade um dich...!"
Wieseneck schnauft resigniert: „Schweinehund...!"
Larenz grinst verschlagen. Doch der Professor weiß, dass er sich in der Defensive befindet. Schlimm genug, die Pistole am Kopf zu verspüren und wie ein kleiner Junge verprügelt zu werden. Aber wenn der Erpresser auch noch weitere Hintergründe erfährt, wird Larenz seine Gier kaum im Zaum halten können und mit dem Preis noch höher gehen. Er ist ja jetzt schon mächtig nervös mit der Knarre in der Hand.
„Okay, kann's ein Scheck sein?"
„Womöglich noch mit dem Aufdruck 'Staatsbank der DDR'?"
„Warum nicht?"
„Du mieser Giftzwerg! Nix da. Cash auf die Kralle. Oder ich lass dich als Honecker-Nachfolger ausrufen und nach Bautzen schaffen. Da machen die Jungs Hackfleisch aus dir...!"
Adalbert Wieseneck gibt sich zunächst geschlagen. Er geht zu einem bis an die Zimmerdecke hinaufreichenden Bücherregal, greift hinter eine Buchreihe. Eine Geldkassette kommt zum Vorschein. Er stellt sie auf den Tisch, entnimmt seiner Schreibtischschublade einen kleinen Schlüssel,

mit dem er die Kassette öffnet. Sie ist mit 100-Mark-Scheinen bis oben gefüllt. Zu spät versucht er seinen Körper zwischen Larenz und die Geldkassette zu bringen. Brutal stößt der gierige Journalist den Professor beiseite, so dass er neben dem Wohnzimmertisch hart zu Boden fällt.

„Mach Platz, Opa. Stimmt so mit dem Trinkgeld!" Er schlägt den Kassettendeckel zu, reißt den Geldbehälter an sich. Unnachgiebig tritt er noch einmal den Professor mit dem Fuß, rollt erneut mit den Augen und flüchtet dann aus dem Haus. Wieseneck hört das Quietschen der durchdrehenden Räder auf Sand beim Wegfahren des Autos.

„Dreißigtausend, oh Gott, er hat mir 30 000 Mark geklaut!"

Wieseneck quält sich wieder auf die Beine. Zunächst steht er unschlüssig und wütend in seinem Arbeitszimmer. Dann wandelt sich sein Rufen in ein erstickendes Flüstern: „Deshalb stand er so im Scheinwerferlicht. Ich sollte sein verdammtes Nummernschild nicht sehen."

Viel zu spät kommt Axel von oben die Haustreppe hinuntergelaufen. Erschrocken bleibt er im Türrahmen stehen: „Vater? Ist dir was passiert?!" Doch dann lacht er, als er den übermalten Caspar David Friedrich erblickt: „Da ist ja das Bild! Nun kann uns nichts mehr passieren!"

„Nur, dass wir es nicht umsonst bekommen haben, du einfältiger Tropf. Er hat die Knete und wir die Bildpräsentation am Hals. Mirjam kann beruhigt abwarten was kommt. Verflucht...!"

Wie ein Gnom stampft Wieseneck mit dem Fuß auf die Erde: „Sie sollte in ihrem Eifer dort in der Galerie ausgebremst werden. Verstehst du? Sie will dort einen unbekannten übermalten Caspar David Friedrich präsentieren und ich erkläre den Leuten, dass es nicht sein kann! Der Schinken ist ein Trödelmarktbild und mehr nicht!"

Er hält sich den schmerzenden Kopf und lässt sich in einen Sessel fallen: „Doch nun bin ich im Zugzwang. Ich komme mit dem angeblich übermalten Friedrich und muss beweisen, dass es das nicht geben kann. Was sage ich da, he...? Und nun bring mir einen Lappen und kaltes Wasser. Wir müssen uns eine neue Strategie ausdenken!"

„Was Besseres kann dir doch gar nicht passieren. Du hast alle Trümpfe in der Hand."

„So? Aber nur, wenn Mirjam nicht noch einen Trumpf aus dem Ärmel zieht. Bei ihr laufen die Fäden zusammen. Sie ist meine einzige Schwachstelle in diesem Spiel."

Mit einem leisen Stöhnen deckt der Professor den von Axel gereichten nassen und kühlen Lappen auf den Hinterkopf: „Das tut gut..."

Für eine Weile entspannt sich der Umtriebige. Doch hinter seiner hohen Stirn arbeiten die grauen Gehirnzellen ununterbrochen.

„Wir müssen jetzt volles Risiko gehen", erklärt er seinem ungläubig dreinblickenden Sohn.

„Aber Vater, ich denke, du solltest..."

„Sag mir nicht, was ich zu tun habe. Das habe ich in meinem ganzen Leben immer selber gewusst!"

Die Augen des Professors blitzen wütend auf...

12. Kapitel – Greifswald gleiche Zeit

Während der polnische Maler und Kunstwissenschaftler Czeslaw Krajewski sich bedeckt im Hintergrund hält, versucht Mirjam die Wiesenecks zu treffen, ohne sie daheim besuchen zu müssen. Auf Anraten von Krajewski geht sie dieses Risiko nicht ein.

Nicht ohne Hintergedanken – niemand darf erfahren, dass sie den übermalten Friedrich gar nicht mehr hat - sucht sie erneut die Galerie in der Straße der Freundschaft auf, um den Galeristinnen mitzuteilen, dass sich bei der Präsentation etwas ändern wird. Das Bild wird voraussichtlich nicht von ihr, sondern von jemand anderem präsentiert und bewertet werden.

„Ja, da haben wir auch schon diesbezügliche Nachricht von Prof. Wieseneck erhalten. Er kümmert sich jetzt selber um die Präsentation!"

Mirjam verschlägt es die Sprache! Weiß er, wo das Bild abgeblieben ist? Alexander Larenz hat es doch und er wird auf jeden Fall in der Nähe sein, mit oder ohne Bild. Das lässt er sich garantiert nicht entgehen. Journalisten sind nun mal krankhaft neugierig. Aber wieso geht Wieseneck plötzlich in die Offensive? Was ist da passiert? Er muss etwas wissen, was sie, Mirjam, nicht weiß!

Doch dann erinnert sie sich an ihren gemeinsamen Plan, den sie mit dem polnischen Maler im „Boddenhus" ausgeheckt hat und nickt beruhigt...

Als sie sich aufmacht, die Sektion Kunstwissenschaft, Fachbereich Kunstgeschichte, in der
Arndtstraße zu besuchen, in der Hoffnung, dort im
Schutz der Öffentlichkeit Prof. Wieseneck anzutreffen, bemerkt sie nicht, dass Alexander Larenz
sie von ferne beobachtet und verfolgt. Der zum
Hobbygangster Avancierte ist in Greifswald
geblieben, um das Spektakel bis zum Ende zu
verfolgen. Oder steckt mehr dahinter? Mirjam
möchte eine friedliche Einigung um das übermalte
Bild. Sie denkt an eine letzte, konsequente Aus-
sprache mit Prof. Wieseneck, denn sein plötzli-
ches Handeln beunruhigt sie doch sehr. Weiß er
vielleicht, wo das Bild jetzt ist? Dabei könnte alles
so harmonisch ablaufen. Sogar Krajewski ist ein-
verstanden, dass seine Übermalung gelöscht wird;
was Wieseneck allerdings nicht wissen darf.

In der Sektion in der Arndstraße, gegenüber der
Arndt-Schule, trifft sie den Professor nicht an.
Eine Kommilitonin kommt ihr weinend entgegen:
„Hast du schon gehört, Mirjam? Wolfgang Schnur
war in Wirklichkeit MfS-Spitzel. Hat alle, die ihm
sein Vertrauen schenkten, all die Ausreisewilligen
bespitzelt und verraten. Und ich wollte seinen
„Demokratischen Aufbruch" wählen. Eine Schande ist das..."

„Hast Du Prof. Wieseneck gesehen?", fragt Mirjam.

„Nein, der hat sich krank gemeldet."

„Du, in der Galerie in der Straße der Freundschaft findet die Präsentation eines neuen Bildes von Caspar David Friedrich statt!"

„Was? Das hätte man doch schon längst im Fernsehen gebracht."

„Es soll kein großer Aufriss gemacht werden, um nicht unnötig lichtscheues Gesindel anzulocken."

„Unsinn, was im Fernsehen nicht gezeigt wird, findet auch nicht statt!"

Mirjam wendet sich enttäuscht zum Gehen um.

'Und wenn nun keiner zur Bildpräsentation kommt? Und das nur, weil die Leute ihr nicht glauben, dass sich im Schatten großer Umwälzungen eine Kunstsensation abspielt?'

Sie beschließt erst mal in ihre Dachzimmerwohnung zu gehen.

Auf dem Weg von der Arndtstraße in die Goethestraße wird sie von einem unbekannten, eleganten älteren Herrn angesprochen. Der in seinem wehenden Mantel wie ein Baron alter Schule daherkommende Grandseigneur vollzieht vor Mirjam eine leicht Verbeugung, bevor er sie anspricht:

„Verzeihung, meine Dame, Ihr Äußeres wurde mir von den Herrschaften in der Galerie so beschrieben, wie ich mich nun davon überzeugen kann. Gestatten Sie mir eine Frage. Sind Sie nicht jene Dame, die in der Galerie den neuen unbekannten Caspar David Friedrich unter einer Übermalung präsentieren wird?"

Mirjam zeigt sich ein wenig unsicher. Immerhin hat sie mit fremden Männern in der letzten Zeit schlechte bis miserable Erfahrungen gemacht.

„Und wenn es so wäre?"

„Nichts weiter, ich freue mich auf die Veranstaltung. Hier ist meine Karte, ich bin Galerist im Saarland. Knapp tausend Kilometer südwestlich von hier entfernt. Schön, dass Sie den Mut aufbringen, in solch unruhigen Zeiten mit der Präsentation eines Kunstwerkes die Zeit ein wenig langsamer laufen zu lassen. Ich freue mich ehrlich für Sie!"

„Danke, das war aber nicht nötig..."

„Es lässt doch durchaus den Schluss zu, dass die Landschaftsmalerei gar nicht das entscheidende Aushängeschild der romantischen Malepoche war, oder? Wissen Sie schon was Neues über den angeblich neuen Friedrich? Wann könnte er wo entstanden sein? Wieso taucht das übermalte Bild jetzt erst auf? Hat es was mit den politischen Unruhen zu tun? Wenn der neue Friedrich echt ist, werden Historiker und Kunstexperten neue Bücher schreiben müssen. Man wird nun bei all den anderen Künstlern aus dieser Zeit nach eventuellen verschollenen oder übermalten Frühwerken suchen und dann versuchen, ihren damaligen Duktus in das Gesamtschaffen des Künstlers einzuordnen. Ist das nicht wunderbar? Auch die Geschichte von Kunst und Malerei geht immer weiter. Nirgends gibt es einen Stillstand. So wie zur Zeit in der Politik in diesem Land."

Mirjam greift sich an die Stirn.

„Pardon, ist Ihnen nicht gut?"

„Doch, doch, es ist nur in letzter Zeit so viel passiert. Die Bildpräsentation, die Wendeereignisse... Dabei soll die kreative Auseinandersetzung mit der Malerei eines Tages mein Lebenssinn, meine Arbeit, mein Brot werden."

„Nun, das verstehe ich. Da sind noch so viele Dinge zu berücksichtigen, zu organisieren und dergleichen mehr. Meine Karte haben Sie ja. Ich wohne hier in Greifswald privat. Und wenn ich Ihnen irgendwie helfen kann, rufen Sie mich einfach an. Warten Sie, ich schreibe Ihnen die Greifswalder Telefonnummer auf die Rückseite der Karte. Die Nummer von meiner Kunstgalerie in Saarbrücken steht ja vorn drauf."

Der Charmeur alter Schule greift geschickt nach Mirjams Hand, haucht ihr einen angedeuteten Handkuss darauf: „Meine Verehrung, Mademoiselle, es war mir ein Vergnügen."

Dann geht er eleganten Schrittes weiter. Mirjam ist erstaunt. Der erste nette Westler, der ihr begegnet ist. Doch ist die Höflichkeit und Liebenswürdigkeit auch echt, oder passt sie nur zu einem Verkaufskonzept, welches je nach Lage der Dinge beliebig ausgetauscht werden kann? Schade, dass sie sich in Bernd beziehungsweise Alexander so getäuscht hat. Sie mag ihn immer noch. Manchmal gestattet sie sich das Gefühl, ihn sich in ihre Nähe zu wünschen. Und das, obwohl er ihr das

Bild gestohlen und somit eine normale Bildpräsentation fast unmöglich gemacht hat.

'Mein Gott, wenn die wüssten, dass ich den Krajewski mit dem Caspar David Friedrich darunter
gar nicht mehr habe und nicht weiß, wo sich das
Bild zur Zeit befindet? Was mache ich bloß?'

Nachdenklich betritt sie ihr großes Heimathaus an
der Ecke der großen Kreuzung. Die Treppenbe-
leuchtung funktioniert mal wieder nicht. Einen
Hausmeister gibt es hier schon lange nicht mehr
und die Gebäudewirtschaft scheint mit der War-
tung dieses Haus restlos überfordert zu sein, oder?
Also wird die Beleuchtung auf dem Boden auch
ausgefallen sein. Hier im Treppenhaus kann sie
noch einigermaßen die Stufen und die Etagenab-
schnitte erkennen. Vor der Wohnungstür von Frau
Schulz bleibt Mirjam nachdenklich stehen.

'Sie hat heute den Fernseher ungewöhnlich laut
an. Das ist seltsam.'

Sie klingelt bei der alten Frau. Nichts. Keine
schlurfenden Schritte hinter der Tür.

„Frau Schulz?! Sind sie da?"

Mirjam klopft kräftig an der Wohnungstür – und
mit dem letzten Schlag springt die unabgeschlos-
sene Tür plötzlich auf! Ein Luftzug fegt durch die
Wohnung und knallt irgendwo ein Fenster zu.
Außer den nervend lauten Nachrichten im Fernsehen ist es totenstill. Mirjam tritt aus dem Dunkel
des Hausflures in Frau Schulzens Wohnung ein.
Sie fühlt sich dabei unbehaglich und möchte am
liebsten wieder gehen.

„Frau Schulz! Sagen Sie doch etwas..."

Der alten Frau wird doch nichts passiert sein? Sie betritt das Wohnzimmer und beendet den Redefluss vom Nachrichtensprecher der „Aktuellen Kamera", Klaus Feldmann, mit einem Knopfdruck.

„Frau Schulz? Geht es Ihnen gut?"

Da, im Nebenzimmer, in welches sie durch die geöffnete Tür halb hineinsehen kann, hat sich etwas bewegt. Mirjam atmet auf. Die alte Frau wird sich einen Moment hingelegt haben.

„Und ich dachte schon, Sie wären..." Doch sie kommt nicht mehr dazu auszusprechen, was wäre, wenn sie Frau Schulz tot oder lebendig aufgefunden hätte, denn nun reißt ihr jemand mit brutaler Gewalt den Kopf nach hinten und würgt sie. Mirjam gurgelt. Ein ätzender Hustenreiz ergreift ihren Hals. Der Schrei bleibt ihr in der Kehle stecken. Eine andere Hand presst ihr einen feuchten Lappen fest auf Mund und Nase. Mirjam verspürt einen stechenden scharf-süßlichen Geruch.

„Hhmm...! Hhmm...!"

Verzweifelt dreht und wendet sie sich, hebt die Arme nach hinten, um den Angreifer packen zu können und erschlafft doch zusehends. Schließlich hängt sie bewegungslos wie ein erlegtes Tier im Arm von Professor Wieseneck: „Los, wir müssen sie von hier wegschaffen!"

Axel ist vom Kidnapping begeistert: „Mensch, das war die Aktion. Ich stehe alleine vor ihrer Tür, du klingelst, sie macht auf und ich erzähle etwas von

Übergabe des Wahlscheins. Sie macht die Kette weg und wir sind drin. Alles andere ist nur noch Formsache! Kommt die Alte unter ihrem Bettzeug auch bald wieder zu sich?"

„Wer, die Schulz? Klar doch. Es war doch mehr der Schreck, als dein leichter Schlag auf den Kopf. Hauptsache, sie hat mich nicht gesehen und erinnert sich an früher. Und die hier...", er beginnt Mirjam in Richtung Haustreppe zu schleifen, „die hat mit dem Aufwachen noch etwas Zeit. Erst müssen wir mit ihr wieder daheim sein."

Er lacht hämisch: „So hab' ich's gern. Es wird zunächst keinen neuen Friedrich geben, sondern nur ein alter Schinken von Krajewski zu bestaunen sein. Den Caspar David Friedrich bringe ich selber zum Vorschein. Und niemand wird mir dabei in die Suppe spucken."

„Wir hätten sie lieber in ihrem Zimmer kidnappen sollen, Vater. Die Spuren, die wir bei Frau Schulz hinterlassen haben..."

„Nu, quatsch nicht, im Zimmer von dem Mädchen suchen sie am ehesten nach Spuren, wenn sie vermisst wird. Kein Mensch denkt doch an die Möglichkeit, dass wir ihr bei der Schulz aufgelauert haben. Sicherlich, ein wenig Risiko war schon dabei... Ich hole jetzt den Wagen, pass du auf die Kleine auf!"

Während der unheilvoll rüstige Adalbert die Treppe hinuntereilt, um einen weiß-rot angestrichenen Barkas vor die Haustür zu fahren, bewacht Axel die bewusstlose Mirjam. Er sieht ihr blasses

Gesicht und empfindet plötzlich Mitleid und Zuneigung für sie. Sie will doch nur den von ihr gefundenen übermalten Caspar David Friedrich der Öffentlichkeit zugänglich machen und dafür sorgen, dass sich alle daran freuen können, oder? Sie trifft doch gar keine Schuld, dass nun alles außer Kontrolle geraten ist. Welch Irrsinn! Aber Adalbert kann ja den Hals nicht vollkriegen. Er will unbedingt die Scharte mit den 30 000 Mark wieder auswetzen. Dafür geht er über Leichen. Für einen Moment brandet unbändige Wut gegen seinen Vater in ihm auf...

Von unten vernimmt er Schritte auf den Stufen. Axel lugt vorsichtig durch das Treppengeländer. Es ist Adalbert. Bis er oben angekommen ist, bringt Axel in der Wohnung von Frau Schulz rasch alles wieder in Ordnung. Adalbert gibt Axel nun einen weißen Kittel und zieht sich ebenfalls den Medizinertalar über. Außerdem hängt sich der kriminell gewordene Kunstprofessor auch noch ein Stethoskop um den Hals. Die Verkleidung der beiden Strolche ist perfekt. Wie bei einer hilflosen Person legen sie Mirjams Arme um ihre Schultern. Die beiden falschen Notmediziner schleifen Mirjam polternd die Stufen hinunter. Unten, vor der Haustür, öffnen sie die Seitenschiebetür des dort wartenden Barkas. Dort wird Mirjam hineinverfrachtet. Angesichts ihrer medizinischen Verkleidung fällt das den Passanten überhaupt nicht auf. Die beiden Betrügernotärzte steigen vorne ein, betätigen das Martinshorn und brausen mit dem Barkas die Gützkower Straße bis zur Wiesenstraße hinunter.

„Das war's?", fragt Axel.

„Ja, ja,", bestätigt Adalbert Wieseneck. „Wenn du bei der alten Frau Schulz zu stark zugeschlagen hättest, müssten wir jetzt die Bestattungsnummer mit dem schwarzen Wolga durchziehen."

„Hast du Einfälle, Vater...", Axel ist unheimlich zumute.

„Mirjam wird die anberaumte Bildpräsentation nicht mitmachen. Dafür sorge ich."

Adalbert schaut zwar konzentriert auf die Straße, doch in seinem Gehirn arbeitet es ununterbrochen. Dabei merkt der Fahrer des falschen Krankenwagens nicht, wie ein alter, gut aufgemöbelter Wartburg 912 ihn verfolgt. Der Fahrer hinter dem Lenkrad hat eine Spiegelsonnenbrille auf. Es ist Alexander Larenz und er hat einen ganz besonderen Plan...

„Lass uns rasch nach Hause fahren und dort das Mädchen einschließen. Dann nehmen wir das Bild und fahren zur Präsentation."

„Mit dem schwarzen Wolga?"

„Ja, mit dem schwarzen 'Bestattungs-Wolga'..."

Doch Axel fingert so lange in seiner Hosentasche herum, bis er den kalten Stahl eines Messers in seiner Hand spürt. Er denkt an etwas ganz anderes...

Alexander Larenz nimmt die Spiegelsonnenbrille ab. Er hat vor Eldena in Höhe des Sockels der nicht mehr vorhandenen Bockwindmühle sein Auto verlassen und ist dem falschen Krankenwagen zu Fuß in die Reihenhaussiedlung gefolgt. Alexander kennt sich mit der Lage des Wieseneckschen Grundstücks aus. Von seinem ersten gewaltsamen Besuch weiß er, dass sich hinter dem Haus ein Schuppen befindet. Durch den Garten eines Anwesens kann er unentdeckt das traurige Ausladen von Mirjams schlaffen Körper beobachten. Sie schleppen sie in den Schuppen und schließen sie dort ein. Alexander sieht Adalbert Wieseneck ins Haus laufen. Axel kommt wenig später aus dem Schuppen nach. Wahrscheinlich hat er dort Mirjam an einen Stuhl gefesselt. Prof. Wieseneck kommt in einem dunklen Anzug und mit dem verhüllten Bild in der Hand wenig später wieder aus dem Haus. Gewissenhaft verstaut er es auf dem Rücksitz des schwarzen Wolga und winkt dann anschließend seinen Sohn zu sich.

Alexander schaut auf die Uhr und zieht die Augenbrauen hoch. Merkwürdigerweise braucht er bislang noch nicht mit den Augen wild zu rollen. Sollte er diesmal gar einen guten Plan verfolgen?

Mirjam verspürt starken Durst und einen stechenden Kopfschmerz, als sie wieder das Bewusstsein erlangt. Ohne die Augen zu öffnen, weiß sie, dass sie sich in Gefahr befindet. Vorsichtig blinzelt sie durch die Augenlider. Sie befindet sich in einem fast dunklen Raum. Es riecht muffig und brenzlig. Ein Brechreiz würgt sie. Die Stricke, mit denen sie an einen Stuhl gefesselt ist, schneiden in Handgelenke und Fersen. Still ergibt sie sich in ihr Schicksal. Selbst wenn die Entführer kommen würden, sie umzubringen, würde sie nicht schreien. Leiser Stolz und der Trotz einer sich müde Gekämpften breiten sich in ihr aus. Von draußen her dringen Geräusche an ihr Ohr. Mittlerweile ist ihr klar, dass sie sich in einem miesen Schuppen befindet. Doch bei wem? Wer schleicht da draußen um den Schuppen herum? Wenn die Entführer sie umbringen wollten, würden sie selbstbewusst mit fiesem Grinsen mit Messer oder Revolver durch die Tür kommen, oder?

Mit krachendem Bersten fliegt plötzlich die Schuppentür aus den Angeln. Alexander hat sie von draußen mit einem Vorschlaghammer zertrümmert. Nun steht er wie ein Riese aus dem Märchenwald, das Schlagwerkzeug in der Hand, im Türrahmen.

„Los, komm, beeil dich, wir müssen zur Bildpräsentation. Der Professor ist schon dort!"

Mirjam bringt kein Wort heraus, als Alexander sie von ihren Fesseln befreit. Sie schnappt nach Luft. Endlich kann sie ihn befragen: „Wie kommst du hierher und wo hast du den Caspar David Friedrich hingebracht?"

„Ich kann dir jetzt nicht viel erklären. Nur so viel: er ist schon unterwegs zur Galerie. Der Professor hat uns dafür 30 000 Mark gegeben, Pardon geben müssen."

„Du Irrsinniger, wir sind doch hier nicht in Sizilien? Mensch, mit einem echten Caspar David Friedrich handelt man doch nicht wie mit Kartoffeln? Und überhaupt. Wieso uns?"

„Na, ich denke, du wolltest auch etwas abhaben? Nach all den Missverständnissen zwischen uns..."

„Du bist unmöglich! Deshalb hast du das Bild im 'Boddenhus' geklaut, um es bei Wieseneck zu Geld zu machen?"

„Ich denke mal, ich habe es für uns getan, oder?"

Mirjam greift sich an den Kopf: „Das ist für mich alles zuviel. Was bist du nur für ein Mensch! Hast du was zu trinken?"

„Im Wartburg ist eine Fanta, damit du dich an den süßen Geschmack des Westens gewöhnst."

Sie steht auf und reibt sich die Handgelenke: „Vielen Dank. Deine ironischen Bemerkungen sind wirklich fehl am Platz. Und du bist noch nicht entlassen, deine Schuld noch nicht beglichen. Dieser Pole, Czeslaw Krajewski, der die Übermalung angefertigt hat, ist hier. Er wird auf der Präsentation seinen großen Auftritt haben. Außerdem ist er auf dich stocksauer, weil er im 'Boddenhus' die Rechnung für Übernachtung und Essen begleichen musste."

„In Zloty? In welcher Menge?"

Mit einem Knuff signalisiert Mirjam Alexander, dass sie ihm nun nicht mehr böse ist. Sein ironischer Charme hat bei ihr Wirkung hinterlassen.

„Du bist unmöööglich...", schimpft sie in einem

freundlichen Unterton los, „los, wir müssen uns beeilen. Es geht um den Caspar David Friedrich!"

13. Kapitel – Greifswald März 1990

In der Galerie in der Straße der Freundschaft brennen im Verkaufsraum Kerzen. Die elektrische Beleuchtung ist extra für die Präsentation einer kunsthistorischen Sensation ausgeschaltet. Auf einer Staffelei lehnt das Bild „Der verliebte Mönch" von Czeslaw Krajewski. Der Schein der Kerzen spiegelt sich matt auf der Oberfläche des Bildes. Vor dem Bild steht, ein Weinglas in der Hand, der renommierte Kunsthistoriker Prof. A-dalbert Wieseneck. Vor ihm und um ihn herum in einem Halbkreis steht das Publikum. Es fehlen nur der unbekannte Maler, der die Übermalung angefertigt hat, und Mirjam. Die hier anwesenden Gäste kommen ausschließlich von außerhalb. Es sind jene Interessenten, welche die Agenturnachricht von Alexander Larenz gelesen haben. Zwei Polizisten stehen im Hintergrund. Sie haben die Aufgabe, beim tatsächlichen Auftauchen eines unbekannten Caspar David Friedrichs das Bild sofort zu konfiszieren und in Sicherheit zu bringen, damit es nicht außer Landes gebracht werden kann.
Adalbert Wieseneck schnäuzt sich gerade in ein weißes Taschentuch. Dann legt er es sorgfältig wieder zusammen und fährt mit seiner anklagenden Rede fort: „... und wir haben uns aufgemacht, um Zeuge einer Sensation zu werden, die so nicht stattfinden kann. Meine Studentin Mirjam hat sich da in eine üble Sache verwickeln lassen. Ein neuer Friedrich? So etwas kann es nicht geben. Sehen

214

Sie selbst...", er dreht sich um und zeigt auf das mattglänzende Krajewski-Bild hinter sich. „ Dieser, mit Verlaub gesagt, Schinken, der alle Klischees eines modernen Kitschbildes erfüllt, könnte nie und nimmer ein echter Caspar David Friedrich sein. Es sind keinerlei Merkmale für echte romantische Malerei zu sehen. Selbst Neoromantik wäre hier nicht zu finden. Das Bild erfüllt wohl eher die Voraussetzungen eines üblichen Trödlermarktbildes. Ich würde es für, sagen wir, 14.80 Mark kaufen."

„Und die Übermalung? Das Bild soll angeblich übermalt worden sein?", wird nun aus der Runde gerufen.

„Ja, wo denn? Wie könnte bitte schön die Arbeit eines drittklassigen Malers, als Übermalung eines angeblichen Bildes von Caspar David Friedrich, über Jahrhunderte hinweg halten? Und das Ganze auf einer Holzspanplatte? Dass ich nicht lache!"

Wieseneck dreht das Bild um. Friedrichs alte Leinwand ist von ihm mit einer Spanholzplatte überdeckt worden! Ein unglaublicher Trick des Professors!

„Dieses Bild ist viel jüngeren Datums. Dessen bin ich mir sicher und es hat vom Betrüger – wer immer das auch sei - absichtlich Risse aufgemalt bekommen, um es somit älter zu machen und um uns vorzugaukeln, die Farbe würde bald abplatzen und ein noch älteres Bild zeigen", verkündet Prof. Wieseneck nun im Vorgefühl seines baldigen Triumphes. „Wie Sie sehen, meine Damen und Herrn, ist dem nicht so."

Genüsslich nimmt er einen Schluck Wein aus seinem Glas und fährt fort: „Arme Mirjam, armes Publikum. Alle hier Anwesenden und auch die nichtanwesenden Kunstfreunde sind einem katastrophalen Irrtum aufgesessen..."

Entsetztes Murmeln entsteht. Ein paar Leute klatschen Beifall.

Wieseneck setzt zum Finale an: „Ich nehme es meiner Studentin Mirjam nicht übel, wenn sie solch einen üblen Scherz mit ihresgleichen spielt. Doch...", er hebt bedrohlich die Stimme, „doch muss hier gesagt werden, dass die Irreführung anwesender ehrlicher und ehrbarer Leute in diesem Zusammenhang zu weit geht!"

Nun klatschen alle vorbehaltlos Beifall und nicken zustimmend mit den Köpfen.

Wieseneck stellt lässig einen Fuß vor den anderen und stemmt die freie Hand elegant in die Hüfte: „'Der verliebte Mönch' nennt sich das süßliche Machwerk, welches angeblich von Caspar David Friedrich stammen soll, da es eine Übermalung nachweislich nicht geben kann. Es sollte eher in Anspielung auf den Schmierfinken, der es geschaffen hat, 'Der verrückte Maler' heißen!"

In der Runde wird herzhaft gelacht. Wein wird nachgeschenkt. Die angebliche Bildpräsentation droht in eine lustige Feier auszuarten, bei der man lediglich Klatsch und Tratsch austauscht.

Draußen heult plötzlich und unerwartet ein Motor auf. Bremsen quietschen. Dann erfolgt hektisches Türklappen. Die Tür zur Galerie wird aufgestoßen. Ein Windzug lässt die Kerzen bedrohlich flackern und droht sie zu erlöschen. Stille tritt ein. Lautlos formiert sich eine Menschengasse, durch die Mirjam und hinter ihr Alexander Larenz schreiten.

„Guten Abend, Herr Professor Wieseneck", spricht Mirjam. „Darf ich Ihnen bei Ihrer Heuchelei ein wenig nachhelfen?"

Die Leute halten sich erschrocken die Hände vor den geöffneten Mund. Was wird passieren? Prof. Wieseneck lacht hell und schrill auf: „Na, da ist sie ja doch noch gekommen. Welch glückliche Stunde! Komm, Mirjam, nimm das Bild herunter und schenk dir ein Glas Wein ein. Wir alle sind dir auch nicht böse. Es war ein Gaudi zur rechten Zeit."

Doch Mirjam hat die Aufmerksamkeit in diesem Raum auf sich gezogen. Mit einem unnachgiebigen Crescendo in ihrer Stimme verkündet sie: „Und so wollen wir dem Betrüger Adalbert Wieseneck die Möglichkeit geben uns zu erklären, weshalb er im Frühjahr 1945, in der damaligen Bürger-Knabenschule einen zufällig gefundenen Caspar David Friedrich von einem polnischen Kriegsflüchtling namens Czeslaw Krajewski übermalen ließ!?"

Irgendjemandem im Publikum fällt klirrend das Weinglas aus der Hand.

„Was?"

„Das ist ja unglaublich!"

„Ich dachte, die Entlassung von Erich Mielke aus der Haft wäre der größte Skandal. Aber das hier ist ja beispiellos!"

Wieseneck ist blass geworden. Seine Augen irren ziellos umher. Doch noch sieht er eine Chance aus der Situation herauszukommen. Mit einem plötzlichen Geschrei stürzt er sich auf Alexander Larenz: „Hier, hier ist der Schuft, der dieses Bild, diese wunderschöne Arbeit stehlen und beiseiteschaffen wollte! Du mieser, kleiner Gauner...!"

Er hebt die Hand, will auf den Journalisten einschlagen. Doch Larenz fängt seinen Schlag auf. Wieseneck dreht sich um, nachdem das Ablenkungsmanöver nicht geklappt hat und ist nun plötzlich ganz der missverstandene Kunstprofessor: „Also, meine Herrschaften, da muss ich wohl etwas erklären. Es ist längst nicht so, wie Mirjam hier verkündet hat. Ich, ich bin ein unbescholtener Bürger, der nun ebenfalls auf diese vermeintliche Kunstpräsentation hereingefallen ist. Doch wehe...", er hebt den Zeigefinger wie ein Lehrer, streckt ihn steil nach oben, „es fehlt für die Behauptung dieser Studentin jeder Beweis. Soll sie beweisen, dass der Schinken hier eine Übermalung ist. Sie kann es nicht. Sie will uns einem angeblich neuen Caspar David Friedrich zeigen? Wo ist er denn? Hier, auf die Spanholzplatte wurde ein alter Schicken gemalt! Ein lächerliches Thema, gedacht für einen Nagel neben den 'Röhrenden

218

Hirschen im Wald' über dem Ehebett. Doch daraus wird nichts. Wir werden sie entlarven und der deutschen Gerichtsbarkeit zuführen!"

Nun wenden sich die Köpfe der Anwesenden wieder Mirjam zu. Doch die zeigt sich unbeeindruckt: „Professor Wieseneck hat der Öffentlichkeit ein Frühwerk von Greifswalds größtem Sohn, Caspar David Friedrich, vorenthalten. Ich selber habe es aus zuverlässiger Quelle erfahren: Er hat das Bild in den letzten Tagen der Kriegswirren hier in Greifswald gefunden, von einem polnischen Flüchtling übermalen lassen, um später selber die Übermalung abzulösen. Und um es unkatalogisiert verkaufen zu können."

„Beweise!", wird aus dem Publikum gerufen.

„Wer ist der ominöse Maler?"

„Er heißt Czeslaw Krajewski!", ruft Mirjam dazwischen.

Wieseneck lacht stoßhaft schrille Töne hervor: „Ja, wo ist er denn? Soll er doch selber die Übermalung ablösen, wenn er sich zeigt, ha, ha, ha!"

„Ich bin hier."

Alle drehen sich nach der Stimme aus dem Hintergrund um. Aus der Dunkelheit des Raumes tritt, wie aus dem Nichts, Czeslaw Krajewski in die von Kerzen erleuchtete Mitte.

„Ich bin Czeslaw Krajewski und ich habe diesen Mann...", er zeigt mit dem Finger auf Adalbert Wieseneck, „im Frühjahr 1945 zum letzten Mal als jungen Mann gesehen. Wir trafen uns zufällig in dieser Bürger-Knabenschule in der Mühlenstraße und er hatte dort ein unschätzbar wertvolles Bild gefunden. Jener Caspar David Friedrich, um den es hier geht. Ich dachte, er würde ein ehrlicher und ehrbarer Kunstkenner werden und habe aus Hunger und Not für ihn das Bild übermalt. Das war mein Fehler. Sehen Sie."

Jetzt tritt er mit einer Schüssel warmen Wassers, mit einer milden Speziallösung darin, an sein eigenes Bild heran und beginnt, es mit einem weichen Lappen vorsichtig abzuwischen: „Ich habe mit einer einfachen wasserlöslichen Farbe auf das Ölbild von Caspar David Friedrich gemalt."

Die Augen der Menschen weiten sich vor Freude und Erstaunen. Fast wie von selbst gibt nun die Oberfläche ihr bislang streng gehütetes Geheimnis preis. Vorsichtig arbeitet Prof. Czeslaw Krajewski an der Entfernung seines eigenen Bildes bis, zwar etwas dunkel, der darunter liegende „Mord am verliebten Mönch anno 1557 zu Greifswald" zum Vorschein kommt. Dann dreht er das Bild um: „Und diesen Quatsch entfernen wir gleich mit..."

Vorsichtig entfernt er auf der Rückseite des Bildes die auf den Keilrahmen angebrachte Spanholzplatte. Nun ist auch wieder die alte, von Friedrichs Farbresten gezeichnete Leinwand zu sehen.

„Juhu!", Mirjam reckt die Arme empor und vollführt einen kleinen Luftsprung. Die beiden Polizisten nehmen ehrfurchtsvoll die Mützen ab. Andächtige Stille durchzieht den Raum. Alle blicken wie gebannt auf Caspar David Friedrichs Meisterwerk. Sie sehen die auf der Waldlichtung unter

stürmischen Baumwipfeln Konstanze Kreideboom, Lucellus und Konstanzes Vater - in einen
schaurig-schönen Mordfall verwickelt. Darüber
einen wunderschönen Abendhimmel, in welchem
sich der alles entlarvende Sturm sammelt.

„Als wäre man tatsächlich dabei", sagt ergriffen
eine fremde Stimme von irgendwoher.

„Ja", bestätigt der polnische Maler, „Caspar David
Friedrich war der Größte. Die Gedankentiefe seiner Bilder hat man bis heute noch nicht entschlüs-
seln können. Er ist uns immer noch weit voraus,
weil er Himmel und Erde bildlich und gedanklich
zusammengebrachte."

Doch plötzlich wird die andächtige Stille durch
einen erstickten Ruf jäh unterbrochen.

„Du hast alles verraten, du elender Schuft!", brüllt
Adalbert Wieseneck wie von Sinnen. „Alles wäre
gut gegangen, wenn du Mirjam nicht die Information mit der Übermalung gesteckt hättest! Sie hätte sich nie aufgemacht, eine Präsentation anzu-
strengen! Dich mach' ich fertig!"

Wieseneck hat sich auf seinen Sohn gestürzt und
ihn zu Boden geworfen. Mit der unbändigen Kraft
eines in die Ecke getriebenen Kriminellen schlägt
er auf ihn ein. Axel ist von dem plötzlichen An-
griff völlig überrascht. In der Defensive unten
liegend kann er sich kaum bewegen. Schwere
Ohrfeigen klatschen ihm ins Gesicht.

„Adalbert, so hör doch auf!", ruft Krajewski dazwischen. „Sei vernünftig und freu' dich, dass
dem Friedrich nichts passiert ist!"

„Ich bring' dich um! Ich bring' euch alle um! Ich habe ihn gefunden! Es ist mein Caspar David Friedrich! Ich... ich bin Caspar David Friedrich! Hört ihr? Ich bin's!"

Der irre Wieseneck prügelt unbeirrt weiter. Er bekommt eine Weinflasche zu fassen, hebt sie hoch, um sie auf Axels Kopf zu zerschlagen. All seine Wut wird sich in diesem Schlag entladen. Doch plötzlich schnappt er nach Luft. Sein zum Schlag ausholender gespannter Körper sackt zusammen. Ein leiser Schrei, dann stürzt Blut aus seinem Mund. Die Menschen schreien auf, als sie ein Messer in seiner Brust stecken sehen. Axel hatte es seinem Vater als Abrechnung für all die Demütigungen tief in die Brust gerammt. Der Alte plumpst beiseite und rührt sich nicht mehr. Stumm, bewegungslos und mit großen Augen sehen die Umherstehenden zu, wie Axel – nun selber unter Schock stehend - sich aufrappelt. Dann geht er mit gekreuzten Händen zu den starr blickenden Polizisten.

„Mein Gott", stammelt einer der Gäste ergriffen, „geht das bei einer Kunstpräsentation in Greifswald immer so zu?"

Von irgendwoher erklingt plötzlich eine Radiostimme: „Heute, am 18. März 1990 fanden die ersten freien Wahlen seit 1946 statt. Die abendliche Hochrechnung präsentiert das für viele unerwartete Ergebnis eines klaren Sieges für die 'Allianz für Deutschland' aus CDU, DSU und Demokratischer Aufbruch..."

14. Kapitel – Greifswald 2002

Ein silbergrauer Ford Fiesta rast auf einer Landstraße durch eine herrliche vorpommersche Frühlingslandschaft. Am Steuer des mit überhöhter Geschwindigkeit dahinbrausenden Autos sitzt der erst kürzlich aus der Haftanstalt entlassene Axel Wieseneck. Er hat in den 12 Jahren seines Gefängnisaufenthalts alles Gehörte, Erlebte und Durchlebte um das übermalte Bild von Caspar David Friedrich durchdacht und aufgeschrieben. Zunächst als Notizen, später raffte er sich dazu auf, seinen Gedanken eine literarische Form zu geben. So entstand ein fertiges Buchmanuskript, welches in einer unzerstörbaren Stahlkassette im Kofferraum lagert.

Die Reifen quietschen, als er eine Linkskurve durchfährt und in eine langgezogene Allee einbiegt. Er lächelt. Der Tag ist wunderschön, das Wetter hervorragend, er ein freier Mann.

Per Zeitungsannonce hat er eine verständnisvolle Briefpartnerin kennengelernt, Heirat nicht ausgeschlossen.

Axel denkt nach. Mirjam wird mit Alexander, so sie ihm verziehen hat, im Westen geblieben sein. Auch darüber ist er nicht betrübt. Ein neues Leben steht vor ihm und die Vergangenheit hinter ihm wie ein abgelegter Alptraum. Er fühlt sich wohl, denn die Zukunft könnte im Moment nicht besser aussehen. Er hat seine Schuld bezahlt und kann neu beginnen. Vor ihm bereitet sich das pommersche Wahrzeichen, eine Baumallee, wie eine lange Gerade aus. Einem schützenden Dach gleich schirmen die grünen Baumkronen die Straße vor blendenden Sonnenstrahlen ab.

In seinem Kofferraum liegt seine Zukunft und einen Verlag hat er auch schon gefunden. Sie haben sich verständigt. Der Verlag ist aufrichtig interessiert. Heute Nachmittag wird er dort das korrekte Manuskript einem Lektor vorlegen.

„Ich bin glücklich. Es kann nicht mehr besser werden als jetzt. Ab sofort wäre Glück nur noch die Kopie des jetzigen Augenblicks. Es soll immer so bleiben. Vielen Dank für alles."

Axel tritt das Gaspedal durch, bis der Wagen seine Höchstgeschwindigkeit erreicht hat. Dann öffnet er den Sicherheitsgurt und jagt den Wagen ungebremst gegen einen großen Alleebaum...

E N D E

Nachwort

Ob eine Geschichte stimmt oder nicht, hat den Schriftsteller nicht hauptsächlich zu interessieren; das herauszufinden, ist Sache der Historiker und Wissenschaftler.

Wichtiger ist, was dahintersteckt. Der sogenannte doppelte Boden, der eine kreative und phantasievolle Auseinandersetzung einfordert. Der Wahrheitsgehalt eines Ereignisses liegt oftmals nicht in seiner faktenreichen Vordergründigkeit, sondern in seiner gedanklichen, emotionalen und letztlich schriftstellerischen Auseinandersetzung im Zusammenhang. Also auf jener Ebene der Wirklichkeit, die ein Sache erst begreifbar werden lässt.

Der Schriftsteller hat – seinem Berufsethos verpflichtet – eine Geschichte zu finden, egal ob sie außerhalb seiner Empfindungen anzutreffen ist oder in ihm selber ruht. Und er soll sie erzählen, in welcher Form auch immer. Er hat ihr eine literarische Bühne zu geben. Dafür wird er bezahlt – oder auch nicht. Nur, tun muss er es!

Hans-Jürgen Schumacher

Gedankliche Anregungen oder Quellen für die Rechercheearbeit entnahm der Autor nachfolgender Literatur:

- Bernfried Lichtnau/Franz Scherer: „Greifswald, wie es früher war", Wartberg-Verlag, 1993
- Horst Wernicke (Hrsg.): „Greifswald – Geschichte der Stadt", Thomas-Helms-Verlag, 2000
- Ruth Schmekel: „Nun ging ich Greifswald zu", Christians Druckerei & Verlag, 2.Aufl. 1999
- John Peacock: „Kostüm und Mode – das Bildhandbuch", Verlag Paul Haupt Bern/Stuttgart, 1991
- Herbert Ewe: „Das alte Bild der vorpommerschen Städte", Verlag Hermann Böhlaus Nachfolger, 1996
- Alexander Schott: „Die Friedrich-Sammlung des Greifswalder Museums", Neue Museumshefte 2/77
- Jan M. Piskorski (Hrsg.): "Pommern im Wandel der Zeiten", Zamek Ksiaszat Pomorskich, Stettin 1999
- Angelo Walther: „Caspar David Friedrich", Henschelverlag Kunst und Gesellschaft, Berlin 1983
- George Savage: „Raumkunst – von der Antike bis zur Gegenwart", VEB E.A. Seemann Verlag, Leipzig 1976

- Norbert Heber/Johannes Lehmann (Hrsg.): „Keine Gewalt – Der friedliche Weg zur Demokratie", Evangelische Verlagsanstalt, Berlin 1990
- „Ostsee-Zeitung", Ausgabe Greifswald, Seite 14 vom 29.08.2001
- Dr. Theodor Pyl (1826-1904): „Geschichte der Greifswalder Kirchen und Klöster, sowie ihrer Denkmäler", Teil III: Geschichte des Franziskaner- und Dominikaner-Klosters Greifswald, „Vereinsschrift der Rügisch-Pomm. Abt. d. Gesellschaft für Pomm. Geschichte und Altertumskunde in Stralsund und Greifswald", G. W. v. L Bindewald, Akademische Buchhandlung 1887
- „Gotteslob" – Katholisches Gebet- und Gesangbuch mit dem Anhang für das Erzbistum Berlin, Morus Verlag Berlin, überarbeitete Aufl. Berlin 1996

Dank des Autors an Uwe Rieger, Mesekenhagen, für die Mitarbeit an der inhaltlichen Idee zu diesem Buch, Helmut Maletzke, Maler und Grafiker aus Greifswald, für die Beratung, Eberhard Schumacher für die Vermittlungtätigkeit und Birte Frenssen vom Pommerschen Landesmuseum Greifswald für die fachlichen Auskünfte.

Werkverzeichnis des Autors (Auswahl):

- „Sehnsucht im Gepäck", Lyrik 1991 (ISBN 3-934355-04-8); Der Autor brilliert in seinem Erstling mit gedanklicher Tiefe und psychologischer Genauigkeit beim „literarischen Beobachten" seiner Umwelt.
- „Ich dachte, Du meintest mich...", Erzählungen 1991 (ISBN 3-934355-06-4); Hans-Jürgen Schumachers Liebesgeschichten sind „Erzählungen ohne Happy - End" und regen den Leser zum Nach- und Weiterdenken an.
- „Gefühle im freien Fall", Lyrik 1992 (ISBN 3-934355-08-0); Emotional aufwühlende Gedichte, die den chronologischen Ablauf einer Liebesgeschichte erzählen.
- „Heimatbilder", Lyrik 1992; vergriffen
- „Gützkow-Reise zum Mittelpunkt Vorpommerns"; Reisebeschreibung 1993, vergriffen
- „Die blaue Decke ist zu kurz", Lyrik 1994 (ISBN 3-934355-10-2); Lyrik von Hans-Jürgen Schumacher, die Panflötenspieler zu meisterhaften Improvisationen beflügelt, hinterlässt zumeist - bei Lesern und Zuhörern gleichermaßen – eine „emotionale Gänsehaut".
- „Die letzte Umarmung - Hiddenseegedichte", Lyrik 1997, 2. Aufl. 1999 (ISBN 3-

8025-2428-4); Die zarte und einfühlsame Lyrik der per Handarbeit hergestellten Bände beschreiben die Reste von Ursprünglichkeit und Unverdorbenheit jener autofreie Ostseeinsel. Und zwischen den Zeilen spielt sich, fast unbemerkt, eine ergreifende Liebesgeschichte ab.

- „Der Mord an Bürgermeister Heinrich Rubenow Anno 1462 zu Greifswald", historische Kriminalnovelle 1999, 2. Aufl. 2000 (ISBN 3-3910173-100-1); In der Sylvesternacht 1462/63 wird der Universitätsgründer, Rektor und Bürgermeister Dr. Heinrich Rubenow von einem vorgeschickten Handwerksburschen hinterrücks ermordet. Der Autor rollt den historischen Kriminalfall auf und macht mit dem Leser eine sensationelle Entdeckung.

- „Sehnsucht im Gepäck", sozialkritischer Gegenwartsroman 1999/2000 (ISBN 3-934355-02-1); „Selten wurde in Deutschlands Belletristik so aufrichtig und facettenreich über Alkoholismus und Sucht geschrieben, wie in dieser Mischung aus Bekenntnisbuch, Enthüllungsroman und Unterhaltungslektüre..." (*„Mecklenburgisch & Pommersche Kirchenzeitung", Schwerin/Greifswald, 2001*).

- „Die weiße Frau von Hiddensee", Kriminalnovelle 2001 (ISBN 3-935039-03-4); Der Protagonist der Erzählung will einen alten Inselfluch aufklären, in dessen Resultat geheimnisvolle Morde auf der Insel passieren; zu spät bemerkt er, dass die mörderische „Weiße Frau von Hiddensee" hinter ihm her ist...

- „Zinaja und die 12 Gebote", historischer Roman 2001/2002 (ISBN 3-935039-04-2); Was passiert, wenn eine Jerusalemer Kunststudentin die verschollenen elften und zwölften Gebote der Bibel im heißen Wüstensand Israels findet und ihr Ursprung reicht bis in die Zeit von Mose, Ramses II., König Salomo und Pharao Siamun zurück? Wird man ihr glauben?